U0035700

思想觀念的帶動者
文化現象的觀察者
本土經驗的整理者
生命故事的關懷者

{ PsychoAlchemy }

啟程，踏上屬於自己的英雄之旅
外在風景的迷離，內在視野的印記
回眸之間，哲學與心理學迎面碰撞
一次自我與心靈的深層交鋒

【呂旭亞‧故事與榮格心理學系列】

公主走進黑森林

榮格取向的童話分析

Seven Talks on Fairy

Tales Analysis

呂旭亞
————著

轉圈圈

陳文玲
國立政治大學廣告系教授、Ｘ書院＠創意實驗室總導師

　　2016 年春天傍晚，淡江大學城區部國際會議廳坐滿了付學費聽童話的成年人，旭亞開口說：「沒想到從瑞士回來的第一場講座，就在我離開之前擔任教職的同一間教室裡。」半小時後，她娓娓導出榮格取向古典學派童話分析的第一個（也是關鍵的）訣竅：故事開場，第一段話，就決定了精神世界接下來發展的方向。我記得那晚空調忽冷忽熱，我記得周遭人群安靜專注，我記得我的筆記密密麻麻還夾雜幾張小圖，我記得離開的時候雨仍在下……然而，直到再度與旭亞的童話分析講座相遇（這次遇見的是由講座整理而來的書稿），我才明白，之於當時在現場的我以及此刻翻開這本書的你，那晚的意象及其象徵，遠遠超過我們記得的與忘記的，因為，講座開始，第一段話，就預告了旭亞的風格、童話分析的特徵和人生無可迴避的真相：出發轉一圈，又回

到原點。

如果聽過旭亞上課，就知道她極爲擅長轉圈圈。「啊！這張圖看過了啦！」、「這個故事上週講過了！」、「這個概念不是解釋好幾遍了嗎？」面對想法和提問這些來自腦袋的東西，她從不立刻同意，也不立刻反對，就只環繞著人物、場景、光線和溫度講來講去，直到某個時刻，意識終於肯讓位了，感受才浮現、直覺冒出來、情緒被觸動，回頭再看白雪公主的家庭圖和睡美人的戀愛史，竟平白多出了許多細節與轉折，與自己的記憶共振，又與他人的命運相連。這種違反智識、團團逼近而非直進的領悟與理解，是旭亞的風格，也是敲開榮格之門的環扣。

結構簡單、形貌相似，童話好像也總是在轉圈圈。開場淤積但結尾暢快，森林幽黯但盡頭有光，後媽手邊總有源源不絕的毒蘋果但永遠功虧一簣，然而旭亞都願意帶路了，又擁有把人人熟悉的故事講成面目全非的天份，我還是被好奇引動，一次又一次跟著童話主角出發與返回。去年聽講的我，隨著每個故事的開展與收合，慢慢練習如何辨認精神世界的問題，找到對應的答案，聽旭亞講〈眞假公主：牧鵝女孩〉，明白柔順的公主非得充分經驗兇惡的侍女；聽旭亞講〈打開禁忌的房間：費切爾鳥〉，學會跨越並不容易，除了勇氣還需要方法，除了智慧還需要機靈。今年重讀書稿，儘管文字還是沿著同一條時間軸發展故事線，內在浮現的意象

卻不肯聽從，我發現進入童話（以及觸動內在與碰觸原型）的路徑，從一次一條線變成同時許多面，讀完七個童話，我看見自己同時身為荊棘與玫瑰、高塔與菜園、玻璃與梯子、熊與小矮人的來回、拉扯與抗拒。我的童話分析學習，相隔一年半，又回到原點，精神世界的破洞變得更大，嫩芽由內蜷曲露頭，而真實世界的邊界卻柔軟了，放下竟變得容易許多。

〈荊棘開出玫瑰花：睡美人〉、〈逃出高塔：萵苣姑娘〉、〈走進黑森林：美麗的瓦希麗莎〉……一篇又一篇往下盤旋向內伸展的童話分析，讓我想起內觀靜坐（Vipassana Meditation）的經驗，當我們的心被安置在容器裡夠深、夠久、夠鬆、夠靜，層層疊疊的智識雲霧散盡，纖細的、靈活的、洞察的智慧就會現身。之於我，旭亞的講座就是這樣一件容器，所以當她提起要出書，我跟創意實驗室的夥伴立刻主動舉手，希望為這本書做點什麼。我負責再順過一次文字，本以為這件工作沒什麼了不起，但一打開旭亞寄來的檔案，就又頭下腳上掉進了兔子洞裡。〈熊王子來敲門：白雪與紅玫瑰〉是我處理的第一個故事，接近完成時，我夢到一個被關在牢裡、坐在地上哭泣的小女孩，畫面左下角是白色的馬桶，而右上角有一方漂浮的紅布，我帶著這個夢去找分析師，也用夢的意象作畫跟寫字，在內在的紅白裡遊蕩嬉戲了好一陣子。整個春天，除了上課跟非開不可的會，我日日

浸泡在旭亞的文稿裡，夜夜順著文字與意象的河流，做了許多奇幻瑰麗的夢，這些意外同時也是意識之外的岔路，讓順稿這個簡單工作變得耗神且費時，但是讀了一輩子文案書、教了三十年創意課的我，第一次體會到書可以這樣讀、夢可以這樣孵、創作可以這樣起始，更讓以為已經被電子商務、社群媒體、大數據與 AI 逼到無路可退的創造力教育，有了一個完全不涉及科技卻充滿了互動與智慧的可能。

躍躍欲走也好，被推著、被押著走也好，我們每個人都在走各自的英雄之路。年輕時，我想像的是一條筆直大道，過中年，發現是一條荒蔓險路，再閃過幾座浪頭，才理解多數時刻我們都在轉圈圈——摔過之處，轉一圈還會再摔，道別的人，轉一圈又要再見，然而這個原點還是之前的那個嗎？我只知道，繞了幾圈讀這本書，終究還是要回到自己的路，如同旭亞去了瑞士又回到臺北；我還知道，如果精神世界因為擴大與轉化而產生質變，所投射出來的真實世界風景也會變得不同。我跟著旭亞靠近榮格心理學，起初是為了解開人生之謎，想為內在莫名的暗沉找到一點火光，學到這裡，不能說沒見著火光，但拿到的寶物，反而是容忍人生如謎，接納內在莫名的暗沉，以及任憑際遇帶著自己繼續轉圈圈。

推薦序 2

探訪性靈深處的動人邀請

鄧惠文
榮格分析師、精神科醫師

　　相較於其他探觸無意識的理論，集體無意識是榮格最獨到的見解之一。由馮‧法蘭茲開展的童話分析，是古典榮格學派十分重視的、認識集體無意識的途徑。「如果說夢是通往個人無意識的皇家大道，童話則是通往集體無意識的華麗之路」──此路的華麗，並非人人得見。意識窄縮的現代視野中，那裡就是森林、河流，小動物以及可預期的人物關係。然而，正是這些「可預期」的形式與元素，得以跨越時間、地域與文化，傳遞著人類的共同秘密。口耳相傳的童話，經過無數的淬煉，保留下來的是最簡潔的原型表現。

　　現今人們在探索心靈奧秘的旅途上，比以往更容易迷失。「自我實現」蔚為風潮，但許多時候人們以為掌握了個人意義，其實是深陷於各種原型的表現中而不自覺。「做自己」的呼聲如果無法搭配關於自我的真知，那麼所堅持的可

能是假的自我，所謂理直氣壯地做自己，不過是讓假的自我更頑固，被原型擄獲得更爲徹底。在自性化的歷程中，認識原型及其對個人的影響，是不可忽略的。敏睿而感性的童話分析不只是心靈如實的顯微鏡，也呈現了人性慣常使用的各種透鏡與濾鏡，加在眞實之上可以如何幻化，要取下又是多麼地需要勇氣。

　　本書對於經典童話的分析細膩而開放，不論讀者是否熟悉榮格心理學，都能藉此認識生命各種主題、角色、關係的原型。特別是女性的自我追尋，一方面要突破性別窠臼，一方面要與女性的本質連結，許多現代女性仍然自信低落，許多又是爲抗爭而失去女性本質的力量，探索之路充滿了考驗，書中爲女性成長的主題提供了珍貴的思考。意義的豐富與深度，象徵延伸的無限空間，的確是一場華麗之旅。

　　榮格非常重視分析師的個人特質與涵養，蘇黎世的訓練至今都延續著傳統，強調分析師要深刻浸潤於文學、藝術、神話、宗教等人類歷史所累積的資產，藉由文明的共同遺產，才能對心靈無意識有更深的認識，超越個人的侷限。旭亞早有各種心理學派的資深經歷，之後投身榮格分析，她的講述和風采每每讓人驚艷。是豐厚的文學底蘊和藝術涵養，和她深刻的靈性體驗，才能讓一種心理思維的流動顯得如此美妙、流暢、鼓舞而快慰。對於尚未開啓或正在無意識旅途上的讀者，旭亞說童話，就是往性靈更深處探訪的動人邀請。

作者序

找回屬於我們的心靈童話

　　閱讀西方童話並不是我兒時生活的一部份，我的童年也沒有父母床邊說故事的經驗，真正發現童話的魔力是我學習榮格心理學之後的事。在蘇黎世接受榮格分析訓練時，我加入的第一個自主學習團體就是童話分析團體，由一位年老的女性分析師帶領，她身型瘦小眼神炯炯，像極了童話故事裡的魔法師，課程在她狹小老舊的分析室裡進行，每次一個半小時共讀一個童話，參與的同學各抒己見之後，就等著聽老分析師的精彩解析。我總是像小孩子一樣入神地聽著故事，順著故事的曲折情節把自己帶到一個個出人意表的劇情高潮，然後再等待揭謎一樣聆聽充滿深意的詮釋。常常在走出老木屋之後，要讓自己在蘇黎世街頭漫步許久，反覆品嚐過程中深深被瞭解、被捲入的經驗。這樣與童話親近的經驗，在我接受訓練期間持續著以各種不同的形式進行著，以團體

討論、書寫、圖畫、演戲等等方式發生，聽同一個童話以不同的方式、不同的觀點解析，那些故事裡的劇情、人物、角色彷彿有了生命，進入我們的生活、成為夢的一部份，更逐步豐富了我們觀看世界的方法，成為自己所擁有的象徵物。瑞士的榮格分析師訓練結束前有一場著名的重頭戲，就是六小時的童話分析大考，就像少林寺弟子下山前要通過十八銅人陣的考驗，每個考生獨自被關在小房間裡，在六個小時內書寫分析一個考官即時交付的童話。面對童話要說出的集體無意識訊息，解讀其中奧妙端看我們與無意識心靈的關係，反之也可以說，童話身兼人類無意識訊息的使者，做為榮格分析師的我們必需學習如何跟隨她去靠近潛意識的世界。

　　本書試圖回應我長時間關切的一個重要主題：現代女性心靈的發展。對於現代社會裡，女性在發展自我，完成一個真實整合的人的過程中，所要面對的困難與挑戰一直都是我心繫的核心關懷。就像其他人文、社會學科，心理學理論的奠基者多為男性，可是喜歡與投入這門知識的學習者卻大多是女性，不管是心理治療專業或是尋求以心理學解決困境的人，清一色的陰盛陽衰，舉世皆然。我們可以說心理學作為一個了解自己與世界的視角，有著與女性心靈先天的親密性，而童話又是一個女性、兒童為主要閱讀群體的文類，用這樣一個與女性心靈相親的角度來檢視我們所面對的生活挑戰、生命議題，對我來說極為契合。現代女性擁有比任何一

個世代的女性更多的自由，更多的機會可以成為一個完整的人，也因為如此，我們也面對前所未有的挑戰，我們沒有太多的女性前輩可以模仿，因為我們所遇到的機會與挑戰是空前的，我們的祖母、母親尚未有機會全面進入學習、工作、事業這些曾是男性獨有的領域，女性對自己身體、情感、婚姻、性的自主也不是過去女性經驗可以指引的，我們被賦予的機會與困難只有我們才能回應。在眾多的童話中，我挑選了七個大家熟悉的格林童話，他們都是女性為主角的故事，觸及的正是七種不同的女性心靈面向，七個尋寶圖。用熟悉的故事做分析文本當然是刻意的，因為熟悉的故事在每一個人心裡都已然有了一些自己既定的看法，及至今集體對此故事的觀點，如果，我們可以將這樣古老、爛熟於心的故事拆解出不同的意涵，讓我們對自身所處的當今世界有不同的感悟，那我們對自身的困難或許也將有更寬廣的視野。

　　榮格認為人類心靈的發展動力是有意向性的，它發展的目的是要成為一個完整、獨特又真實的自己。每一個人由於特定的生命歷程，而有了屬於自己獨特的挑戰去面對。女性發展的歷程裡，與重要他人的關係是女性發展的決定因素，也在成人後成為內在的力量與阻力，其中最核心的有與母親、父親的關係，有自我過分認同與抗拒認同父母的議題，以及延伸至女性內在陰性與陽性能量的平衡議題。本書的七個故事展演了七種女性完成自己的方法，〈牧鵝女孩〉是有

關過分認同正向的母女關係的女性心靈，所需面對的發展議題。〈白雪與紅玫瑰〉則是有關過分認同女性質地而壓制了心靈的陽性面，故事展示了女性的阿尼姆斯的質地。〈老頭倫克朗〉是一個過分認同父性價值的女性問題，〈費切爾鳥〉是描述女性面對來自男性及負向阿尼姆斯的黑暗、性與暴力，以及女性所需發展的智慧。〈美麗的瓦希麗莎〉面對的是負向母親以及女性的黑暗智慧。我們熟悉的〈萵苣姑娘〉與〈睡美人〉提供我們有關女性嫉妒、羨慕的問題，與女性被壓制的創造力及其反撲。

本書故事的分析來自許多榮格分析師對這些童話的詮釋，並以瑪麗-路薏絲・馮・法蘭茲（Marie-Lousie von Franz）的觀點最為重要，榮格分析看待夢、童話與神話的詮釋都是多義、開放的，每個人都可以有不同的重點與角度，對待無意識的素材以開放式、沒有對與錯的態度分析是必要的，我們只問自己，這樣的解析是否滿足我的心靈，是否替我開展了新的視野、對自己和問題的現象是否提供不同的覺知，最重要的是這樣的詮釋是否打動我。原型的故事擁有不停被演繹的可能性，所以可以跨越時間與文化，觸碰不同的心靈，這些故事對我而言也有同樣的特質，每一次的閱讀總是可以再看到新的可能，被呈現出來的只是非常有限的詮釋，期待讀者就將這些觀點視為一種演示，作為我們親近人類原型心靈世界的一個開始吧！

　　值得一提的是，這本書是由一群出色的女性通力合作而成的作品。這本書的內容來自我 2016 年的系列演講的內容，如果沒有兩位天使陳文玲與詹美涓的降臨，這本書不可能完成，她們替我將內容再三刪修、補充、整理，讓它成為脈絡清楚、可讀的內容。陳文玲帶領她的創意團隊從文字整理到全書成型，給了這本書生命，詹美涓以她嚴謹的榮格素養協助我梳理女性心靈發展的理路和文字。另外，我們希望在這個大人讀本的童話書裡，放進對童話世界的想像圖片，於是豐富的意象藉由強大的平面藝術家王小苗和插畫家楊筑珺的原創，使此書保有童話原有的精靈氣息。團隊中的羽柔、心靈工坊的妘嘉、心宜這一群從輕、熟到老的女子們所組成的團隊，一起經歷了創意激盪的過程，和這群美麗聰明的女人工作，是一個極為驚喜的經驗，雖然最終許多大膽的創新無法被納入，許多精彩的圖畫無法置入，可是和這群女子們一起，我享受了女性之間的投入、參與、創造、能力的展現，我們中間巫婆、公主、皇后、惡婆婆能量穿梭，當然也不乏王子、老國王、小矮人不時的冒出，讓我經驗了一個從無到有的女性心靈旅程，也見證女性整合之路能量的美麗與巨大。

| 第一章 | **榮格心理學的童話分析** 019

每當我們講起童話故事，彷彿就走進了精靈居住的世界，走進一個意識之外、潛藏著無數可能的領域。

| 第二章 | **真假公主：牧鵝女孩** 045

母親無微不至地照顧女兒，能幫女兒想的都想到了，能幫女兒做的都做了，這樣的媽媽無疑是個問題。

| 第三章 | **逃出高塔：萵苣姑娘** 079

現代人的物質性成癮就像童話故事裡的妻子渴望萵苣一樣，越不應該，就越渴望、越沉迷，只好偷一點過來、再偷一點過來。

| 第四章 | **打開禁忌的房間：費切爾鳥** 117

女性之所以憂鬱，常常是來自於內在的自我攻擊，特別是阿尼姆斯對自己的攻擊，以一種否定自己能力的形式出現，貶抑自我的成就。

第一章

榮格心理學的
童話分析

現代人提起童話，多半認為它們是專屬於孩童的讀物，或是媽媽讀給小孩聽的床邊故事，似乎難登大雅之堂。就連「童話」這個詞彙也常作為帶有貶意的形容詞，像是：童話般的愛情、童話裡的生活……在這些句子裡，童話就是幼稚、不真實與不切實際的同義詞，但這也正意味著童話所反映的不是發生在意識層面，而是潛意識之內的歷程。

童話通常短短的，頂多兩、三頁，故事人物的性格也不像文學作品裡的角色那般複雜，許多童話的主人翁是沒有名字的，僅以他們的排行或地位稱呼他們為三公主、小女兒、王子，或根據穿著就被叫做「小紅帽」、「熊皮人」。故事情節也挺樣板的，總是從「很久很久以前」開場，以「從此過著幸福快樂的日子」結尾，主角遇到的挑戰總是三次、三位武士、三把斧頭、三件任務……了無新意。然而，正因為童話簡單、重複、古老並流傳久遠的特質，顯示出一種無歷史感、無地域限制的原始集體性，可以跨越文化而被喜愛。

本書以瑞士心理學家榮格（Carl Gustav Jung）所提出的心理學概念為內在座標，描述、比對、解構並反轉七個有關女性的童話故事，以此探索女性心靈發展的不同面向。

走進精靈、神話與夢的國度

童話的英文叫做 Fairy Tale，直譯就是「精靈的故事」。

精靈的意象，是長著輕盈翅膀的小仙女，她們屬於夜晚與森林，和會說話的動物做朋友，飛過之處會留下閃閃金光，還擁有各種神奇的魔法。人類心靈深處，有著這樣一座魔幻原始森林，每當我們講起童話故事，彷彿就走進了精靈居住的世界，走進一個意識之外、潛藏著無數可能的領域。在潛意識的國度，童話與夢比鄰而居，它們都以象徵的方式、意象的語言傳達意識之外的訊息。深度心理學為了理解人的心靈而探索夢的世界，用分析意象的方法，企圖從夢中找到進入個人潛意識（unconscious）的途徑；榮格與其他分析心理學家們發現，研讀、分析、理解童話，可以為我們找到進入人類更深層的集體無意識（collective unconscious）的方法，藉此認識心靈運作的模式與歷程，看見人類心靈的基本圖譜。

此外，榮格認為童話與神話都是集體無意識中最原初的結構。神話受到起源地的影響，例如中國、印度與希臘的神話，明顯映照出在地族群創造發展的文化與歷史痕跡，而童話相對是自發的、天真的、沒有計畫的自然心靈產物，被特定文化歷史沾染的痕跡較少。此外，與神話相比，童話精簡短小許多，在文學裡的位置如同阿米巴原蟲之於生物界，以最簡單的形式描述集體心靈類單細胞般的存在樣貌，也就是所謂的原型。我們重返童話，所看重的，正是這條簡單、重複、古老與神祕的心靈之路，藉此途徑，開啟一扇集體無意

識的原型之門，在其中學習陌生的語言，認識用意象說話的象徵世界，最後重拾自身創造象徵的能力，以便與自己內在無意識、那個「很久很久以前」的世界再度相遇。

與原型和情結相遇

榮格提出集體無意識的心理學理論，把我們對心靈的視野從自己可以覺察的「我」的位置裡拉開，讓我們彷彿置身巨大浩瀚的宇宙，回頭看才明白，不僅地球如微塵，連太陽系也只是渺小的存在，而銀河深處，還有許許多多像太陽系這樣運行的星系。心靈銀河涵容數不清的星系，榮格稱它們為原型（archetypes），人類有多少種現象，世間就有多少種原型，換言之，每種生命現象都是一種原型。榮格認為原型就是集體無意識的結構，深埋在各種心靈的活動中，意識很難直接捕捉，通常只能從行為、圖像、藝術、宗教、夢或是神話與童話中窺得一斑。某些人在經驗無意識的集體能量時，會感覺自己被某種力量灌注、以致無比強大，它會讓人有如神般的全能感，無所不能，甚至有種承接天諭、非做什麼不可的自我膨脹。如果個人內在並沒有足夠強壯的心靈結構可以涵容，賦予原型能量適度的理解與判斷，強大的原型有時會讓個人陷入無自我、非理性的混亂與狂熱裡，這就像我們文化裡描述被附身的狀況，自我被原型擄獲，成為非我

的原型工具，陷入沒有自我規範心靈能量的危險。儘管原型多到數不清，在榮格心理學中，主要常被討論的原型圖像有：自性（眞我）、阿尼瑪、阿尼姆斯、陰影、父親、母親、老者、孩子、國王、王后、魔法師……等。每個人一生之中可以眞正經驗或是認識到的原型只有幾個。

　　榮格認爲我們是透過個人的情結來經驗發自心靈深處的原型。情結浮游在個人意識與潛意識之間，是心靈的另一種結構，其中聚存了我們個人生命的歷史，這些個人的歷史檔案以不同的主題被歸納在一起，像是母親情結就保存了我們生活中許多重要的母性人物和經驗，大部分人的母親情結是以自己的母親作爲情結的核心，圍繞著的才是其他生命中出現過的母性人物。情結之中不只有個人與家庭記憶，更重要的是儲存了相關的情感，他們會影響我們的情緒、行爲與人際互動。

　　每個情結的核心都有個原型圖像，透過情結就成爲我們覺察原型的一個路徑，當原型浮升，顯現出來的重要線索就是情結。當情結被引動時，我們會感覺情緒波動、不可自抑，身體充滿各式各樣的感受，憤怒、悲傷都變得無法控制。有位男性師長曾與我們分享他的個人經驗：這位高大英俊的白人男性曾有無法發展穩定情感關係的困境，他總是被大塊頭、大胸脯、能幹體力活的黑人女性所吸引，然後與她們產生一種拉扯衝突的激烈關係，在接受分析中，他找到與自己

兩、三歲時相關的記憶，與照顧他的保母有關。他的保母很愛他，每天抱他、餵他、照顧他，當他不乖時，保母會生氣的用力打他的屁股。對他來說，保母就是早年最重要的女性經驗，他總是被類似大母神原型的女性所吸引，也著迷於類似的互動方式，而形成他情感慾望的主調。當他透過分析回到一切的起始，嘗試面對這個情結之後，類似的吸引仍然存在，但是力度卻降低了，這個母親情結不再像鬼魅般抓住他、驅動他，他變得比較自由，而他也找到他心中的女神最原初的樣貌，她們出現在人類最早的文明，兩河流域的美索不達米亞文明遺跡裡，泥塑的母親神有著巨大臀部和乳房，在他的情感裡，不只有他兩三歲的記憶，也有人類亙古的渴望。

榮格提到將情緒轉化為意象，並深掘出這些意象在個人歷史中的遺跡，使我們從向外尋找生命無法安適的理由，轉而聚焦於內在意象，是一種有強大效力的治療方法。這個認識情結以及其背後原型的治療方法，他親身體驗過，在自傳中他說：「只要我得以把各種情緒變成意象，也就是說找到隱藏在情緒之中的意象後，我就能再次平靜安心。倘若讓這些意象繼續藏在情緒背後，我可能已經被他們撕碎。……從我個人的實驗結果，以及從治療的角度來看，找到情緒背後的特定意象是極有幫助的。」

瑪麗—路薏絲・馮・法蘭茲

　　榮格童話分析主要是由瑪麗—路薏絲・馮・法蘭茲（Marie-Lousie von Franz）發展出來的。她出生於慕尼黑，十八歲高三那年，跟同學來到蘇黎世城郊的波林根，見到當時58歲，隱居塔樓卻又極富盛名的心理學家榮格。這次見面改變了她的一生。

　　在大學裡，馮・法蘭茲主修古典哲學、古希臘文與拉丁文，沒錢但想被分析的她，以自己所學協助榮格整理並翻譯古老的鍊金術書籍，用以交換被榮格分析。從大二開始，馮・法蘭茲就跟隨一群資深學者與治療師，一起上榮格講授的分析心理學專題，從此不曾離開這個探索心靈深度的學門。她後來也成為心理分析師，是榮格重要助手、研究夥伴與傳承者，她終身未婚，說她此生嫁給榮格心理學也不為過。晚年，她在榮格退隱的波林根山坡上有一塊自己的地，也如師父榮格一樣，蓋了一座塔樓，石屋裡沒水沒電，寒冬裡得靠自己砍柴燒火，她死後埋葬之處，距離榮格墳地只有幾百公尺。

　　馮・法蘭茲的教導遵循榮格的風格與方式，特別看重集體無意識這個區塊，要求分析師在養成過程中親近文學、藝術、神話、宗教這些人類歷史所累積的資產，並於其中深刻浸潤，才能完整認識個人潛意識與心靈的結構。這樣的分析取向，與後來臨床治療取向頗為不同，因而被稱為榮格心理

學的「古典學派」。馮‧法蘭茲是古典學派最重要的精神導師，她認爲唯有靠近藝術、宗教這些來自人類意識底層的創造，我們才能接觸到自己生命被推動的原型力量，這是自我整合工作裡極其重要的路徑。

終生追隨大師足跡，但馮‧法蘭茲的思想並沒有完全被榮格壓制或淹沒，她最具體的成就，就是開創了童話的心理分析。榮格興趣廣泛、著作等身，可是一生之中卻只寫下一個童話故事的完整分析，他更看重神話和鍊金術的研究。馮‧法蘭茲則花了許多力氣深入研究童話，她認爲閱讀與解析童話，是極爲適合學習集體無意識的入門課。她寫在代表作《解讀童話》裡的開場白，迄今仍是童話分析的經典定義：「童話是集體無意識心靈歷程中，最純粹且精簡的表現方式，因此在無意識的科學驗證工作中，童話的價值遠超過其他的素材；童話以最簡要、最坦誠開放且最簡練的形式代表原型。在此一純粹的形式中，原型意象提供我們最佳的線索，以了解集體心靈所經歷的歷程。」

童話分析的架構

一、結構

分析童話，第一要務就是分析結構。

　　童話故事通常從某個困境開始，之後出現解決問題的方法，接下來是解決問題的過程，過程中必然有跨越，跨越代表進入不同的世界，然後有遭遇，遭遇帶來搏鬥，最後的勝利則帶出結尾的歡慶。童話分析也是如此，首先，故事的開場，就是人類共同面臨的某種困境以及某種原型的呈現，其次，童話的主角，代表了人類在這個困境中一種面對與處理的態度，童話的情節，則是以圖像與意象來呈現精神世界一連串的轉折，我們的工作是解碼，拆解這些圖像和意象，嘗試瞭解隱藏在它們背後的心理語言與象徵意涵。

　　拆解的立意與利益是雙向的。一方面，我們學會原來可以這樣閱讀童話，另一方面，童話的圖像、意象以及它們所象徵的意涵，可以回返並豐富我們所在的現實世界。在一個純然物質與理性的世界裡，象徵很難存活，蘋果就是蘋果、五塊錢就是五塊錢，而不是它們所代表的象徵意涵。然而，象徵是重要的，好比有人給你五塊錢，除了這枚硬幣的物質性，一定還代表了其他意義，例如對你的關注。當一個男人被女友追問：「我跟你媽媽同時掉進河裡，你到底要救誰？」這個問題非答不可，可是答案不在問題裡，而在問題外。這是一個有關愛情的原型問題，它觸及到愛情與死亡，展現出愛情原型的絕對性與獨佔性，所以不管是發問者或被問的人都必須以象徵回應。靠近童話、分析童話，會讓我們熟悉圖像與意象之中象徵的意義，這些美的、醜的、可愛的、可怕

的心靈意象將能夠重新回到我們的現代生活，事物不再只有一對一的、物質性的僵化對應，而可以為平凡日子增加深度與厚度，增添些許曲折、美感、驚喜、彈性、與了悟。

二、步驟

馮・法蘭茲引榮格的觀點發展出童話分析的三個步驟，一旦熟練，也可以用來與夢工作。第一個步驟是分析故事脈絡，第二個步驟是擴大與比較，第三個步驟是把象徵語言轉換成心理語言。

步驟一：分析故事脈絡

無論童話、神話或者夢的分析，工作方法都是從文學領域借來的，要釐清脈絡、理解意涵，可用以下四個步驟逐一檢視。

第一步，故事的名字是什麼？故事的名字很重要，比方說，〈灰姑娘〉是我們熟知的中文意譯，原本的故事名字叫做 Cinderella，這個字在英文裡指的是「未被認可的特質」，以 Cinderella 為故事命名，一定有它的道理。接著要問的是，故事發生的時間地點，是早晨的森林？傍晚的城堡？春日的田野？還是冬日的花園？確認了開始情境，就比較容易

辨認原型。

　　第二步，主角是誰？其他角色有誰？總共幾個人？以及，誰該出現卻沒有出現？〈白雪公主〉有很多版本，其中一個從下雪之日開始說故事，話說懷孕的皇后正坐在窗邊縫衣，一個不小心，手被針刺傷，一滴血落在雪地上，於是她說：「我希望我的女兒皮膚像雪那樣白，嘴唇像血那樣紅。」當孩子出生，皇后就把她叫做白雪公主。首先，這個版本由媽媽與女兒開場，這個設定明顯少了爸爸，所以「爸爸的缺席」可能就是問題所在與故事走向。其次，我們也可以從主角的性別來辨認特定的童話故事想要處理的心理問題，判斷它是一個陽性還是陰性的能量受阻和發展的故事。《格林童話》有三百多則，每個故事都可以從不同的角色切入，然後據此找到不同的答案。好萊塢的編劇非常聰明，早就知道換個主角就可以重現一部經典童話，例如迪士尼在 1959 年推出《睡美人》（*Sleeping Beauty*）動畫，隔了半個世紀，把主人翁換成壞女巫，發行了頗受歡迎的《黑魔女：沉睡魔咒》（*Maleficent*）。拿到一個童話故事之後，我們必須確定主角是誰，因為之後的分析會緊緊跟隨著這個決定。

　　第三步，故事怎麼走？挑戰是什麼？如何被解決？關鍵在哪裡？有哪些重要和重複的意象？〈灰姑娘〉是一個發展內在女性能量的故事，作為主角的灰姑娘代表了心靈結構的自我（ego），被迫啟程尋找完整的自己，在過程中與自我

情結（ego complex）、陰影（shadow）、阿尼瑪（anima）和阿尼姆斯（animus）相遇，走到故事結尾，代表精神世界已從匱乏走到完整、欠缺走到圓滿。童話的結構通常不複雜，方便我們捕捉重要和重複的意象，並理解它們所代表的象徵意義。馬、天鵝、渡鴉這些動物，金蘋果、紅武士、黑頭髮這些顏色，森林、塔樓、磨坊這些場景，經常重複出現在不同的童話裡，當意象重複出現，意味著它們所代表的集體的象徵意義很重要。相近文化對於象徵可能有類似的理解，但有些理解可能無法跨越文化的疆界，進行童話分析時，這件事也需要被納入考量。

第四步，馮・法蘭茲極重視文化賦予數字的意涵，因為數字不僅代表數量（quantity）、也攜帶了質量（quality）。在我們的文化裡，八有「發」的豐盛意涵，六則有「順」的象徵，在西方傳統裡，1、3、4、12 這些數字，也各自有其象徵的意思，例如「4」就是一個神聖數字，代表了「完整」（totality），所以對重複出現的數字，我們也要注意它可能的訊息。

步驟二：擴大與比較

擴大法（amplification）是透過蒐集大量平行對應的素材來擴展解讀的範圍。類似的故事，是否也出現在其他的地

區或文化？類似的情節，是否也出現在其他的童話裡？打開
故事與故事之間的大門，開始彼此連結，就是擴大。我們不
止尋找不同文化的相似故事，確認集體心靈的共享特質，如
果可以再進一步比較類似故事的差異，則會帶出對於象徵更
豐富的理解。比方說，童話裡經常出現一間不准任何人進入
的房間，一旦下禁令不讓故事主角進入，就註定了這位主角
一定會進入這個禁忌的房間。每當我們找到通則，我們就找
到了原型，然而，之於每一個人，這間禁忌的房間究竟代表
什麼？我們非得走進去、非發現不可的又是什麼呢？這些問
題，也值得一再深入探究。

　　把童話中的場景、故事內容、人物抽取出來，進行「聯
想」（association），這是童話分析的重要工作，也與夢的
分析類似。這種「聯想」與「擴大」的工作方法，可以協助
個人理解自己的潛意識內容，我們將夢與幻想的意象藉由聯
想法衍繹、擴大，藉此理解其中的心理訊息，讓我們對自己
所處的生命景況有更豐富、寬廣的看法。這裡我們對人類心
靈預設了一個假說，認為人的內在有一個核心真我（Self，
或作「自性」），它對每一個獨特生命的發展有獨特的意圖，
而藉由潛意識的意象和象徵的語言與自我對話，它們的出現
是有目的性、有意義的。個人的夢是如此，童話也是如此，
它是集體無意識與人類意識的對話，我們將故事的內容抽取
出來，將意象擴大、聯想，這個動作看似拆散故事的整體，

其實不然，因為我們仍需再將他們放回故事的脈絡，與情境相連。在分析童話時，運用擴大的方法，除了放進個人的聯想，更需要帶入原型的與集體的意涵。好比說，有人夢到一顆金球，他可能聯想起最近生活中出現類似的東西，或往回追索有關自己與這種金色球型物件的經驗，除了聯想自身經驗，我們可以再加上「擴大法」來理解金球的意涵。金球在眾多的宗教裡是神或自性的象徵，這個意象經常出現在傳說或神話裡。金色的球越過了特定文化的門檻，出現在各種不同的文化中，不管是像佛教這樣高深嚴謹的宗教或是非洲原始部落素樸的祭典裡，金球都有重要的意義，原因是金色和太陽有關，每個人抬起頭，就會看見太陽那道金光、那顆金球，所以它是永恆的象徵、生命的來源，代表生命跟宇宙的圓滿（wholeness），代表了真我。這樣的擴大，無關乎個人的生命經驗，而是集體的人類心靈。當富含集體意義的象徵物件出現時，我們的夢境就不再只是純粹個人的心靈訊息，有可能是承載原型之夢，也就是所謂的大夢。

　　童話分析，就是把童話故事當作夢來分析，細看其中的每個意象及其背後的象徵，透過擴大與其他類似童話連結，透過與其他類似童話對照和比較，就可以辨認人類共通的原型，走向集體無意識的繁複與豐富。

步驟三：象徵語言轉換成心理語言

第三個階段，就是把象徵轉換為心理知識，把古老神祕的意象帶入當代自身生活，讓童話引出我們對於此刻內在的深刻理解，這是心理學與文學看待文本不同之處，童話分析在此與文學分析分道揚鑣。

榮格童話分析主張，隨著時代不同，對於同一個故事的解釋也會不同，如果故事無法回應當代社會的集體心靈，就無法活在我們心裡，也就會自然消失無蹤，所以，回看這些圍繞我們身邊仍耳熟能詳的古老童話，其中必然存在當代人心靈仍然能夠相應的內涵。此刻正在閱讀童話的你我，每個人讀到的重點都不相同，意味著故事回應了我們內在各自的狀態，我們一生總是會對某幾個故事特別有感，因為它們可以把我們生命的主旋律傳達出來，這就是童話可以作為心理治療工具的主要原因。於此同時，我們還會不斷創造對於這些老故事的新理解，如果可以把各自讀到的拿出來討論，故事就會從一個故事變成我的故事及我們的故事，能看見這些洞察與體悟如何回應自己的生命與共同的環境，如此一來，同一個故事就會繼續被傳述與延續，成為人類共同的文化資產。

童話故事裡，繼母都是壞的，教母才是好的。真實人生裡也有好媽媽跟壞媽媽，甚至同一位媽媽既是好的又是壞

的，怎麼辦呢？年幼的我們只好切割分裂，在心裡把她分成好媽媽跟壞繼母兩個角色，如同童話那樣。〈白雪公主〉處理的是那位小時候無微不至、但進入青春期開始嚴厲管教、這也不行那也不准的媽媽，愛我的媽媽是好媽媽，管我的媽媽是壞繼母，所以這個故事根本可以讀成青少年情感與慾望發展的寓言。白雪公主與壞皇后，都是象徵語言，許多國高中階段的女孩，就像白雪一樣，被困在被壞媽媽處處設限的青春期裡。如果不離家、如果不對抗，就會被「按照我的安排就對了！我會好好照顧妳！」所吞噬，如果不要被吞噬，就必須回頭以堅決、甚至殘酷的方式，處理掉那股意圖吞食自己的力量。童話裡的壞繼母通常擁有巫術，而且矢志要把我們殺掉，所以為了保護新生的自我，一個年輕的女孩必須要對抗她，〈白雪公主〉裡邪惡的皇后最後被打倒，換做心理語言，就是負向母親情結被克服了，而童話故事的情節，則是展示了如何打敗或克服負向母親情結的歷程。

我們所熟知的〈白雪公主〉已經被迪士尼美化，原始童話裡處死壞繼母的方式是很殘忍的，公主跟王子結婚那天，邀請皇后來參加婚禮，舞會裡，讓皇后穿上燒紅的鐵鞋，讓她跳舞直到死去為止，這種殘忍是雙向的，例如在故事前半段，獵人奉命殺掉公主，帶回她的心臟，皇后看見，張口就把替代的豬心吃下去，這可以解讀為女性精神發展的艱難象徵，舊的意識會想盡辦法阻止新意識的產生，要成為真實的

自己、發展新的精神層次，常是要面對殘酷環境，與一種非拼鬥到你死我活不可的絕境。發展出新的意識是多麼困難與珍貴，其中的鬥爭，常常要付出血淋淋的代價，公主與王子的幸福快樂，其實隱藏許多殘酷的過程和願意面對以及斷然分離的決心。這也就是我們將童話的象徵語言轉變成心理語言的過程，使故事與我們自身的經歷相應。

常常練習把象徵語言轉換成心理語言，久而久之，也會獲得把心理語言轉換成象徵語言的能力。當辦公室新來一位頂頭上司，每天進來都要確認每件事情、掌控每個人的行程，我們不可以比他聰明，開會時，得把我們的點子包裝成他的想法、他的創意，否則就不被採納，這樣的老闆，像不像〈白雪公主〉裡的那位皇后？我們像不像悲慘但美麗無與倫比的白雪公主？同事聚在一起吐苦水論是非，像不像七個小矮人上工時喊著「吼嘿！吼嘿！」那般抒壓與暢快？這樣的聯想，就是古老童話開始影響真實世界，我們的心裡狀態被象徵幫忙表達了。這會讓工作變得好玩，能量開始流動，下次開會，老闆的頭頂浮現皇冠、背後出現魔鏡，怎麼看他怎麼有趣，這對我們的心理健康大有助益。

一位女性來做分析，因為她希望找回自己。她在一個偶然的機會與青少年時期的朋友相遇，朋友對她的描述彷彿是另外一個人，她發現生命中有一段歷史自己竟然完全沒印象，也不知道從何時起她變成與小時候截然不同的一個人，

這些別人談的有關她的往事讓她震驚、茫然，她發現自己彷彿有段時間睡著了。當我聽到她的敘說，心裡出現了〈睡美人〉的童話，在我眼前的她突然醒來了，用茫然的眼睛看著四周熟悉又陌生的世界。我用擴大的方法跟她一起工作，把〈睡美人〉的象徵變成了她心理的狀態，我們一起探討她如何以及為何進入睡眠。〈睡美人〉明顯跟女性身體與情慾的發展有關，十五歲的小公主，被紡錘刺一下，而進入了沉睡，直到王子來救她……之於這位外在世界表現優異的女子，這個故事象徵著什麼呢？三十幾年來，她的身體跟腦袋運作無礙，但是精神世界卻完全睡著了，一覺醒來，發現她的工作、關係、婚姻，原來都與她無關，不是她想要的。

榮格對於人類心靈的貢獻，就是讓我們更加能夠把象徵的語言轉換成心理的語言；而馮‧法蘭茲則是讓我們把遙遠的、他人的童話放進當下的、自己的內在，讓我們與自己相遇。

童話故事就是原型故事

文學分析特別在意故事的開場，童話分析也是，只要把童話的第一句、第一段搞懂，核心的原型也差不多就現身了。〈三根羽毛〉是一個國王選擇繼承人的故事，開頭是這樣一段文字：「老國王有三個兒子，要把王位傳給其中一個。

為了公平起見，他走到王宮外面，用力對三根羽毛一吹，三根羽毛各自飛向一個方向……。」

國王與三個兒子，表示這是一個男性自我整合、自性化（individuation）發展的故事；王位傳承，表示舊的／慣用的觀念要退位，新的／不同的意識要進場了。後面當然還有很多情節和挑戰，但是開場的設定，決定了故事裡所有象徵如何與原型相連，這個就是之前提過的，不是任意地自由聯想，而是緊緊追隨這條開場的線。

我有位女性朋友分享了她對於「通俗」的重大發現，她是一個文化品味極好的藝術愛好者，尤其熱愛古典音樂，在一次情感遭到重大打擊時，她發現她珍貴的歌劇和交響樂無法安撫她的心痛，她只好去找「因為愛你愛到我心痛，但你卻不懂」、「永遠攏咧等，有時陣嘛會毋甘願」這類的流行歌曲，跟著唱時她可以大聲哭。她發現心痛至極時，反倒是簡單的、反覆的、老套的但不退流行的情歌可以安慰她，這個「簡單的、反覆的、老套的但從來不退流行的」動能，其實就是原型，這也就是所謂「陳腔濫調」（cliché）卻一再出現，仍吸引我們的原型力量。

童話故事就是原型故事：挑戰總是三次，繼母都是壞的，有事沒事都要走進森林，這就是童話，這就是原型。好的文學作品，不能停留在原始與簡單裡，一定要放進很多情節，委婉曲折、高潮迭起，這是藝術家的責任；可是從心

理學的觀點來看，生命之中最重要的以及最基礎的，不就是悲歡離合與生老病死嗎？心理學家好奇，人類在經驗悲歡離合、生老病死的時候，如何面對？又怎麼處理？童話的無歷史時間性與無文化空間性，正好成為我們一窺究竟的素材，童話分析，就是這樣立足在最基本的心理結構之上，慢慢帶領我們理解自身的複雜。

可愛的小女孩，出門探望她的祖母，在路上碰到了大野狼。我們身邊的小女生，走出去，也一樣容易遇到大野狼，只不過不是在森林裡，而是在水泥叢林裡。個人的複雜性與特殊性，是個別的人生際遇與共同的時代背景造成的，但要在共同的層次裡找出原型，就要回到一個個不管現在講講、二十年後講講、還是換個文化講講，仍然可以深刻觸動心靈的簡單童話。

孩童特別喜歡聽童話，就是因為它簡單刻板，不知道從哪裡來，卻被傳來傳去，既不怕重複、也不怕抄襲，如同二維空間般扁扁平平，一旦當故事被講出來，一個又一個跨越文化與時空的原型出現眼前，我們可以立刻投射自己的經驗、想像與理解於其中，創造出第三維度，至此，童話不再是他人的作品，而是一個立體的、跟自己有關的故事了。

馮·法蘭茲特別強調童話是集體的議題而非個人的議題，所以堅持用原型的角度來理解童話。以被遺棄為例，如果從個人的角度來看，現代心理學的講法就是當事人有一個

創傷，據此解讀童話，主人翁的際遇，就會被視作被遺棄以及被療癒的過程。可是馮·法蘭茲認為被遺棄其實是人類精神世界集體的遭遇，新的意識要產生非常不容易，通常來自被忽略、被打壓、被牽制的深層無意識裡，這其中隱含著被遺棄乃是必然。被稱為救世主，代表人類精神層面新面貌的耶穌，選擇在馬槽而非尋常人家床上降生，就是以馬槽來象徵、強調這個必然被忽略、非常低下的初始位置。馮·法蘭茲認為，被遺棄這件事之於改變與創新是必要且重要的，童話故事裡小孩被丟掉，其實是在講如何從無邊無底、不被看見的無意識裡冒出來一個翻天覆地的新意識，如果一切順遂、未被遺棄，根本無法孕育希望與那個「冒」的力量。依照這個邏輯，不管外在生活如何富裕順遂，每個生命都有其核心的苦痛，我們對於苦痛的理解，可以從個人童年被遺棄出發，視之為創傷與療癒的起點，也可以從原型英雄之旅的觀點，視之為生命創新的必要初始。

被象徵與意象觸動

　　童話最初是口傳故事，是被說的，而不是被讀的。聽完一個童話，腦海裡卻沒有圖畫，代表我們跟這個故事的關係不親近，這個故事不會在我們的世界裡逗留駐足。一邊聽故事，一邊讓腦袋裡的圖畫浮現出來，這就是訓練親近象徵、

捕捉意象的方法。

設法讓自己對故事裡的一件事、人或物、某個段落產生感覺，與之發生一個關係，用抓的也行、用創造的也行，記得先別分析，也不急著理解，只要做到順順的讓畫面、影像自己出現就好。

童話之所以適合用來做自我的內在工作，是因為可以透過意象以及其背後的象徵觸動我們內在的原型。每個人都聽過灰姑娘的故事，但是抓住每個人的意象未必一樣，有人注意玻璃鞋，有人注意南瓜，有人注意可怕的繼母跟姐妹……當我們被故事裡的人物或情節啟動了情感，因而產生了意象，因而觸動了原型，產生一種互相融合的感覺，就是心靈被療癒的起始點。跳過意象與象徵，直接用理性思考來分析童話，或許符合頭腦的期待，卻沒有辦法讓靈魂感到飽足。

比方說，同樣是描述真我（自性），會以好多種形象出現在不同的童話裡，金蘋果、金球、美麗的公主……通通可以代表我們希望完成真我的象徵，為什麼在這個故事裏是蘋果不是金球？為什麼在另一個故事裡是金球不是公主？每個童話，不僅指出一個獨特的心靈問題，也指向一個獨特的真我面相，留在意象與象徵裡夠久，才能細膩辨識這些意象與象徵所對應的人類精神世界裡某一個獨特的切面。

意象的能力，就是潛意識的能力，但是因為它不是語文的能力、算數的能力或者用以考試升遷的能力，於是被視為

無用的能力。當內在資源大量移轉往換取生活物資的面向，使用象徵與意象以表達潛意識的能力不受重視，我們變得越來越不會運用意象來象徵生活，導致對於周遭所有模糊的、不精準的、無關理性的容忍度越來越低，這就是近代人類文明發展獨尊理性所付出的代價。

即便意識執意孤行，心靈的渴望仍然存在，於是魔幻與科幻題材大量出現在大眾媒體、流行文化與電影小說裡，然而，靠娛樂事業彌補心靈對於童話、神話的需要是不足的，既然心靈渴求再一次與象徵及意象的世界連結，我們就要自覺地開始走向「那個世界」：遇到問題，於是啓程；進入一座森林、掉進一個地洞或者誤入一條通道，這是跨越；遇到會指路的猴子，穿鞋子的狐狸，魚開口說話：「給我水，讓我活下去，我會報答你。」這是遭遇；碰到壞蛋、惡魔，接受挑戰，完成任務，伸張正義，最後有一場慶典……走向「那個世界」，就是一趟標準的英雄之旅，無需讀完厚厚的《魔戒》才能碰觸原型、熟悉象徵與意象，童話只用短短的篇幅就把故事說完了，這就是爲什麼馮・法蘭茲致力於發展童話分析的原因。

找回被現代性所遺棄的

　　人類文明與科學發展迄今，過度依賴理性與邏輯的結果，讓我們失去與神祕的連結，無法容忍模糊，也欠缺幻想的能力。最近流行工業風或極簡風咖啡館，多數人走進去，會挑選一個乾淨明亮的角落坐下來，這樣的空間，不管使用或者清掃，都會讓我們感覺舒服，因為其中沒有太多暗面，窗明几淨這四個字，很適合用以理解當代意識之光，也是現代性最好的展現。然而，現代性也會讓我們變得扁平僵硬，許多心理疾病正因為受困於準確、效率與精密，我們為了現代性所失去的，要以什麼方法拿回來？

　　換個場景，走進古老的圖書館或博物館，裡面有富麗的傢俱、堆疊的雕花和種種繁複的裝飾，雖然美，我們的第一念也可能是「打掃起來很困難吧！」老房子好像總是充滿了曲折的彎道、陰暗的角落、躲藏的空間，暗示著跟現代相比，那個年代的生活與神祕的、黑暗的、不可知的事物靠近得多。曾經，教堂的院子就是墓園，活人跟死人距離不遠，日常裡穿插許多儀式、節日與慶典，為生活帶出一種模糊、神祕與想像，讓生命不那麼乾涸。

　　童話最常見的結局，就是公主與王子結婚，舉辦盛大的婚禮，從此過著幸福快樂的日子。如果問年輕女性，妳想在哪裡結婚？就算不是教徒，也很可能會回答：「我想在教堂

結婚。」而且，還不是普通教堂，要選一座有長廊、走道、圓頂與彩繪玻璃的天主教堂。現代人的想法跟三百年前一模一樣，結婚代表的是神聖的結合，是內在很深的渴望，與理性無關，所以就必須搭配某種物件，例如玫瑰，某種形式，例如拱門。

年輕男性經常不理解為什麼兩小時的婚禮要用這麼多花、這麼多照片？何必花費這麼多精神與人力物力？甚至為此在婚禮前夕大吵一架。如果把這些條件與儀式放回人類精神世界象徵意義的脈絡裡，我們就會了解，生命重要的時刻與階段，譬如結婚，會直接勾出內在某些集體的意象，這些繁瑣的細節承載了人類千百年以來累積的資訊，唯有這樣做才能承接我們內在對於神聖親密關係的渴望。

當我們成為現代人之後所失去的滋養，恰好是童話可以提供的。長大後我們很少聽童話聽到落淚，如果被觸動而落淚，一定不是因為童話，而是因為在簡單的故事裡看見自己生命的真相——童話距離意識遙遠，這正是我認為童話珍貴之所在。

當代說故事的技術較過往更加逼真寫實，例如虛擬實境的運用，這當然是一種創新，但是跟童話分析想走的是兩條不同的路，因為隨著被設計的外在體驗越來越豐富，我們內在或者心靈世界需要做的就越來越少，幻想、空想、奇想越來越難發生，也抑制了我們投射跟創造的空間。我們使用童

話作爲教育或者心靈工作的素材，就是要找回被現代性遺棄
的想像、投射、創造的能力。

第二章

真假公主：
牧鵝女孩

女性的自性化歷程

女性的自性化歷程，是女性依循著內在的召喚，進行一場自我追尋的歷程，其中要面對各種社會、家庭、內在、外在的挑戰，身心靈都會遭遇衝擊，有如進行一個煉丹修行的過程，目的是要成為一個真實的人和完整的自己。然而這個過程並不容易，女性在成長的歷程中，會吸納家庭與社會所認可的文化價值，建構自我的樣貌。試想，一位完全依照社會價值來發展的女性自我，會成為怎樣的女人呢？她通常會有一個非常清晰的目標與方向，要成為一名「好的女性」，這樣的人文化適應良好，知道自己該做什麼、不該做什麼，也容易發展出強壯的、穩定的自我。當不符合社會價值的想法或感受出現，就將之收納到意識的下層，成為陰影。例如在東方社會中，我們的文化總是對女性的溫婉順從給予極高的評價，相斥的性格就很容易成為女性的陰影，例如，粗手粗腳、蹦蹦跳跳、容易發怒、說話直白，當女性不符合社會的期待，就會遭到外在與自己對自己的批評：「女生不應該這樣。」

陰影的內容隨著時間與生活的脈絡而改變與累積，伴隨著集體文化與個人經驗而有所不同。在女性自性化的過程中，第一個課題就是面對自己的陰影，因為那是我們迴避的心靈區塊，內在世界的處女地，整合自己的第一步，就是要

進入自己黑暗的禁區。接著才是第二個課題——發展自己的陽性能量阿尼姆斯。對於女性來說，由於擁有生理的女性結構，使得心理女性容易在意識上發展，陽性能量較易被壓制成為潛意識的內容，而成為一個完整女性的過程，需要與自己的內在男性建立緊密的連結。

以下這個故事中的牧鵝女孩從一位公主成為皇后的過程中，遭遇了種種的困難，落難公主失去了母親的保護，淪落為牧鵝女僕。這是一個女性如何擺脫與母親共生與依賴的問題。

追尋生命完整的動力，經常始於一種特定的匱乏或困境，亦即生命自性化的歷程，常是被一個需要解決的苦痛催逼出來的，而那個生命議題最終會推動她走上發展之路。這個故事中的公主代表著一種特定的女性心靈，因為過份依戀正向的母親，使得分離和獨立成為一個巨大的挑戰。為了要發展出獨立而完整的自己並與完美的母親分離，這樣的女性必須經過怎樣的痛苦、失落，才能走到最後的完滿？

牧 鵝 女 孩

很久很久以前，有一位年老的皇后，她的丈夫已經過世很多年。老皇后有一個非常美麗的女兒，從小就跟皇后兩個人在皇宮裡生活。女兒長大以後，將會被許配給一個在遙遠王國的王子。

適婚的時候到了，老皇后不管怎樣的不捨，都要為最寶貝的女兒準備豐厚的嫁妝，讓女兒能夠好好地離開自己。皇后真的很愛很愛自己的女兒，所以準備了一切她能夠想到的最好的東西，金銀珠寶、金盤子、銀盤子、金碗、銀碗、一匹會說話的馬，還有一位侍女。在出發的時候，皇后捨不得女兒，於是她拿了一把刀在女兒前面把手指頭刺破，在白色的手帕上滴了三滴血。她把手帕交給女兒說：「這是我給妳的護身符，在路上妳會很安全的。」

女兒很悲傷地和母親道別，與侍女一起上路。公主騎在白馬上，騎了一段路，公主覺得渴了，她對侍女說：去把我的金碗拿出來，幫我到

河邊裝點水來給我喝。侍女拒絕，說：「你為什麼不自己去？」公主傻了，只好自己下馬來，到水邊，蹲下來用手捧水來喝，然後繼續上路。走著走著，因為天氣很熱，她又對侍女說：「去把我的金碗拿出來，到水邊裝水給我喝。」侍女拒絕，於是她又只好自己到水邊捧水來喝。這樣一次又一次，每次她自己下馬捧水喝的時候，就對自己說：「我好可憐喔，我怎麼會淪落到這樣的地步。」每次當她這樣說的時候，懷裡的手帕的三滴血就會說：「如果你媽媽知道妳這樣子，她一定心都碎了。」每次都是這樣，可是又沒辦法，善良的人就是會被欺負啊。

公主變得越來越沮喪了，有一次，當她到河邊喝水的時候，那條手帕就從她懷裡掉下來了，公主都沒有發現，但是遠遠的坐在馬上的侍女看見了，她知道機會到了。於是她對公主說：「現在我們來交換，現在換我說了算！」公主沒有辦法對抗這樣的事情，於是她們換了馬、交換了衣

服，侍女要公主對天發誓，這件事情不能跟任何
活著的人說，否則她現在就要殺死公主。公主沒
有辦法，只好答應侍女。

於是公主騎著破馬，穿著侍女的衣服，而侍
女騎著駿馬，穿著公主漂亮的衣服，一路前進。
終於，她們來到了皇宮大院，王子看到了公主，
馬上衝過去歡迎穿著美麗衣服的侍女，把她們帶
到了皇宮，假公主住進皇宮內院，真正的公主被
送到後面的院子裡去，因為她被當成佣人。這時
候老國王看見公主，覺得她漂亮得不得了，氣質
很好，他很驚訝，覺得她不像是一個侍女。就跑
進內室去問新娘：「與你一同來的，站在下面院
子裡的姑娘是什麼人？」假公主不願回答，只對
老國王說：「找點活給我的侍女做！」老國王想
了想，皇宮裡面沒什麼活可以讓她做，那就讓她
和我們牧鵝的小男孩一起去牧鵝好了。

國王派了公主去牧鵝。過了兩天，假公主跟

王子說：「你要不要做一件事情讓我開心？」王子說：「當然好。」假公主說：「你把那匹馬殺了，因為他一直跟我搗蛋，讓我很不開心。」於是馬就被殺了。公主聽到以後哭得很傷心，因為這是媽媽送給她的一匹神馬，可是她一點辦法都沒有。她只能去拜託屠夫，跟他說：拜託，把馬的頭砍下來以後，不要丟掉，可不可以釘在城門上，這樣子我每天進出城門都還可以看到牠。因為收了賄賂，屠夫就答應了，把馬頭砍下來以後就釘在城門上。

日復一日，公主與小男孩一起牧鵝，每日天還沒亮就趕著一群鵝，經過城門的時候，公主看著馬頭，就會悲痛地說：「法拉達，法拉達，你就掛在這裏啊！」然後那顆馬頭就回答說：「唉呀，年輕的皇后啊，要是你母親知道了，她的心會痛苦、會悲哀、會心碎。」他們趕著鵝群走出城去。當他們來到牧草地時，鵝在旁邊吃草，公主就把綁住頭髮的頭巾解開來，她波浪一般卷曲

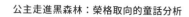

的頭髮就瀉下來，她的頭髮都是純銀的。小男孩
從來沒有看過這麼漂亮的頭髮，便跑上前去想拔
幾根下來，但是她喊道：「輕柔的風啊，聽我說，
吹走小男孩的帽子！讓他去追趕自己的帽子！直
到我銀色的頭髮，都梳完盤捲整齊。」她的話聲
剛落，真的吹來了一陣風。這風真大，一下子把
小男孩的帽子給吹走了。等他找著帽子回來時，
公主已把頭髮梳完盤捲整齊，他再也拔不到她的
頭髮了。他非常氣惱，繃著臉始終不和她說話。
倆人就這樣看著鵝群，一直到傍晚天黑才趕著牠
們回去。回去經過城門的時候，公主看著馬頭，
還是會悲痛地說：「法拉達，法拉達，你就掛在
這裏啊！」然後那顆馬頭就回答說：「唉呀，年
輕的皇后啊，要是你母親知道了，她的心會痛苦、
會悲哀、會心碎。」就這樣一天兩次，都會有這
樣的對話。

　　第二天同樣的事情又發生了，小男孩又想拔
公主的頭髮，於是風又吹、小男孩又去追帽子，

等到他回來的時候頭髮已經綁好了，就這樣子小男孩都碰不到公主漂亮的頭髮。於是，小男孩跑去跟老國王說：「我不要跟她一起牧鵝了。」老國王問：「為什麼？」小男孩回答說：「因為她整天什麼事都不做，只是戲弄我。」國王要少年把一切經歷都告訴他。小男孩把發生的所有事都告訴了國王，包括在放鵝的牧草地上，他的帽子如何被吹走，他被迫丟下鵝群追帽子等等。老國王要他第二天還是和往常一樣和她一起去放鵝。當早晨來臨時，國王躲在黑暗的城門後面，聽到了她怎樣對法拉達說話，法拉達如何回答她。接著他又跟蹤到田野裡，藏在牧草地旁邊的樹叢中，親眼目睹這一切，於是老國王心裡有數。一切的一切，老國王都看在了眼裏。看完之後，他悄悄地回王宮去了，他們倆都沒有看到他。

到了晚上，牧鵝的小姑娘回來了，他把她叫到一邊，問她為什麼這麼做。但是，她滿臉是淚地說，我不能說，不然我會死。公主只是一直哭

一直哭，但是不能講出來。國王說：「那好吧，
你鑽到廚房裡面的大火爐裡面，去把一切跟大火
爐講吧。」公主鑽進火爐裡頭，把所有的一切都
說出來，所有的經歷，所有她曾經擁有的一切都
被侍女搶走了，現在她只是孤獨悲傷的小女孩，
說完以後她就出來了。老國王聽到這一切，就對
她說：「原來妳才是真正的公主！」老國王命令
給她換上王室禮服，梳妝打扮之後，老國王驚奇
地盯著她看了好一會兒，此時的她真是太美了。
他連忙叫來自己的兒子，告訴他現在的妻子是一
個假冒的新娘，她實際上只是一個侍女，而真正
的新娘就站在他的旁邊。王子看到真公主如此漂
亮，當然很高興，什麼話也沒有說，只是傳令舉
行一個盛大的宴會，邀請所有王公大臣。新郎坐
在上首，一邊是假公主，一邊是真公主。沒有人
認識真公主，連侍女也認不出來，因為公主是如
此的美麗，如此的光豔照人。

　　當所有的賓客都到了，吃著喝著很高興的時

候，老國王向大家說道：「我有一個故事」便把公主的遭遇說了一遍。然後老國王問假公主，問她認為應該怎樣處罰故事中的那位侍女？假公主說道：「這個女人太壞了，最好的處理辦法就是把她裝進一支裏面釘滿了尖釘子的木桶裏，用兩匹白馬拉著桶，在石板路的大街上一直跑一直跑，拖來拖去，一直到她在痛苦中死去。這是她應該接受的處罰！」老國王說：「妳已經替妳自己決定了處罰的方法。」然後，就命令人把侍女裝進木桶裡，用這樣的方法處罰。最後，年輕的國王和他真正的公主結婚了，他們一起過上了幸福美滿的生活，共同治理著國家，使人民安居樂業。

虎媽有犬女

故事最初的情景，只有老皇后和小公主，沒有爸爸，沒有國王。故事中提到國王很久以前就已經死了，產生了一個沒有男性原則存在、女性能量過度的議題。女性的能量過於主導，是由母親過於完美的照顧顯現出來，這個母親極愛她的女兒，準備最多最好的嫁妝、護身符、會說話的馬、侍女。母親無微不至地照顧女兒，能幫女兒想的都想到了，能幫女兒做的都做了，這樣的媽媽無疑是個問題。

故事的初始是如此完美的母女關係，故事的動力來自女兒要出嫁。婚姻代表著真我的召喚，生命渴求整全的體現。公主要嫁到離家遙遠的地方，生命召喚她，她必須要啟程，踏上從公主變成皇后的旅途；「成為皇后」這個目標是整個故事的推動力。

老皇后給公主非常豐厚的嫁妝，還給了一塊白布上滴三滴血。刺破手指與在白布上滴血的情節，在許多童話中都出現過，在睡美人的故事裡，公主碰到紡錘的尖端而陷入沉睡；白雪公主的故事中，王后的三滴血滴落在雪花上，白雪公主以此為名。

女性、血、刺破手指的意象，在這個故事中象徵著母女的情結，一個保護的母親和一個順從依賴的女兒。彼此相愛的母女，會出什麼問題呢？問題當然會在母親「過度照顧」

的議題上。母親完全的愛與關照的反面就是令人窒息的愛，無微不至的背後是對外在世界的不安與焦慮、是對孩子能力的不信任與貶抑。對女兒而言，來自母親這樣的訊息會使自己長不出自信的力量，內心脆弱、空洞。當女兒必須走進現實世界的時候，脆弱的心靈狀態就被曝露出來，所以母親才需要準備那麼多的嫁妝和一切她能提供的保護工具。母親覺得需要為女兒準備得越多，越突顯了女兒面對外在世界的能力不足，這些母親愛的禮物在在都說明了女兒的脆弱無能。

女兒若不出嫁一直待在家裡，她內在的空洞與孱弱或許可以被遮掩起來，而母親的保護與控制則不會面臨挑戰。在媽媽羽翼之下的女兒，可以延遲面對成長的痛苦，這就是我們一般稱為好命有福氣的人，一輩子可以被母親的愛哄著抱著。有些幸運的女孩，從出生開始一路被放在父母手掌心中寵著，如果女孩長得很美麗，遇到一個高富帥的男人，他也把公主般的女孩捧回城堡一樣的家裡供著，女孩就可以永遠不用成長，永遠做家裡的小公主。而這是眾多女孩童話般的幻想，可是在童話故事〈牧鵝女孩〉裡，卻告訴我們另一個真實：公主必須長大。公主成長的目標是去結婚，要離家經過一個旅程，成為王子的妻子和新的皇后，這意味著成為真正的女人，這個女人必須有能和另外一個男人發展出婚姻關係所需要的成熟。婚姻代表著一種成熟的個人狀態，能夠給予承諾，以及與另一個個體發展合作與創造的關係。童話故

事裡的結婚象徵著陰陽的合體，在現實生活中，一個女性生命裡有了召喚，未必是以婚姻爲目標，而是需要踏上發展眞實自我的旅程，去發展出自己陽性的內在質地，變成一個獨立完整的人。

皇后老了

在童話裡，國王是主流集體意識的代表，是秩序、規範與穩定的象徵，擁有至高無上的權力，代表著是非對錯，也就是集體意識中的陽性價值。皇后則代表著集體意識當中女性的主流價值，她是一個理想化的女性價值，也就是中國歷史上對皇后的要求，要她做六宮表率、母儀天下，這和西方童話所象徵的不謀而合。皇后或者第一夫人，作爲一個典範，人們不在乎她的成長過程、不在乎她的個人特質，人們在乎的是她是否可以呈現出一種人格質地，可以投影集體意識的理想女性典範，以及其所散發出的母性質地。

在現代的心理學裡，相對於男性質地描述爲：行動的、思考的、決斷的、分辨的，母性質地或者陰性質地，我們常描述爲：接納的、情感的、有能力建立人與人的連結。這些陰性的表現跟呈現，最理想的狀態就是以皇后做爲象徵。母性的原型大多以大地之母、女神的意象出現。這樣的意象從無意識中浮現出來，進入意識的層次被角色化後，通常是一

個位高權重的女性位置，古代會是皇后，現代或許是女總統，她代表女性質地發展到最高位置的一個象徵。所以，皇后不只代表意識所崇尚的理想女性樣貌，她也代表了女性的超越性價值，因為皇后也是女神和母親神在地上的代表。

這個故事的最初就是：皇后老了。比起年輕有活力，老了代表原有豐沛的感情流動快要乾枯，可能也已消耗得差不多了，需要一個新形式的情感，新形式的連結，新形式的涵容。所以當故事出現皇后老了，也就意味著這是一個有關女性意識老化的問題，皇后所代表的女性意識無法面對挑戰做出更新，過度被既有的價值規範，深陷集體價值的泥潭中。所以老皇后就是代表著女性集體的意識已經到了需要改變與轉化的時候。童話故事裡「皇后老了」點出女性內涵必須改變，也就代表著，有一個新的女性象徵要長出來了，新的皇后需要出現。

新的皇后是什麼？這個故事裡，成為新皇后的公主來自沒有父親的家庭，這個王國沒有國王只有皇后，也可以當成「父親缺席」的心靈原型，這是一個缺乏父親、缺乏陽性存在的情況，使得母女非常緊密的連結，而成為女兒發展的挑戰。老皇后送女兒去結婚的時候，為女兒準備了各式嫁妝、金銀財寶和保護女兒的母性工具，但最後我們看到的新皇后，在經過所有的挑戰後，變成與母親很不一樣的獨立女人，獨立自主的能力回到她身上。

公主原型

　　在童話故事中，公主是一個重要的角色，公主往往是故事的主角，故事情節圍繞著公主發生，世界像是為了公主而轉動。即便在現實世界中，公主也是一個非常活躍的象徵，我們能頻繁地經驗到它的出現。公主原型代表著尚未變成皇后的女性，像是花蕊準備盛開，公主充滿了女性發展的潛能。然而，只是潛能而已，還沒有全面發展。在這個尚未完整、充滿可能性的公主意象中，有一個重要的、但負面的意涵，就是被馮·法蘭茲特別提出的重要象徵「永恆少年、永恆少女」，她為此寫了一本書，這個象徵意味著永遠的公主、少女，這種女性通常很天真、很可愛、很美麗，但同時也很膚淺、很空洞、很依賴、很脆弱，她不需要深度的思考，碰到困難的時候就只能可憐兮兮的要求幫忙。所以，有些女性主義意識強大的人，在上一個世紀曾大力抨擊迪士尼的童話電影，害怕年輕女性被「公主」意象迷惑，擔心女兒們被白雪公主的意象污染，長大後只等著白馬王子到來的一天，也就是精神上一直留在永恆少女的位置上，不肯發展。母親們的擔憂其實是無解的，因為公主作為女性潛能的一種原型，充滿了對未來可能性的想像，實在是一個讓女性們不管什麼年紀，仍能有夢想的一種心理動能，因為她代表著一個對未來的盼望。

在〈牧鵝少女〉的故事裡，當公主要一個人進入未知旅行，最初始的狀態是脆弱且依賴的。媽媽的保護並未因女兒離家而消失，它轉化成母親滴在手帕上的三滴血和一匹會講話的馬，如影隨形地跟著女孩，再加上豐厚的嫁妝，即使離家，母親的監看和保護，還是強而有力地伴隨著女兒。

女孩生命發展的歷程中，總是會升起一個渴望獨立自主的動能，通常是以戀愛或婚姻作為改變的動力。在現代的社會裡，愛情與結婚當然不是女性唯一長大成人的方法，很多的理由都讓女兒決定離家，求學、工作、生涯發展等等。只是女性是否意識到離家的原因裡隱藏著內在的訊息，不只是說得出來的理由，還有內心的渴望。每個人受到心靈的召喚，時間未必相同，有的人十八歲離家，也有人六十歲才興起離家的渴望。

心靈的少女從「尚未分化」到開始「分化」，在〈牧鵝少女〉中的婚約成了一個關鍵的召喚，公主是為了結婚才要離家踏上旅程的。婚約是來自一個王子的邀請：「請你嫁給我。」代表著內在陽性力量的升起。在這個純然女性的、陰性的王國，在媽媽安全的保護底下，有一個陽性的婚約邀請出現了，女性內心那個陽性的、渴望獨立自主的自我，能夠被允許發展了。婚配象徵著自我完整的想像，這樣一個對自己全面發展的夢想，從無明當中升起，引導這個女性開始走向未知。

金杯的象徵

豐厚的嫁妝，代表著母親的愛的延續，以心理意義來說，象徵著女兒心裡存在著的母親情結。若是娶個公主回家，那會是件很慘烈的事，因為她的媽媽就一起被帶回來了，她無法脫離希望被照顧的期待，會讓她沒有辦法進入到平等的二人關係中，也無法承擔起妻子的責任。所以，嫁妝在這裡象徵著母親的愛，也是母親情節對女兒心靈的控制。

公主的嫁妝中最醒目的就是母親給的金杯。旅程的最初，公主想喝水，曾支使侍女拿金杯去盛水。金杯的黃金意涵著昂貴的、珍貴的質地，是永恆的代表，所以一般結婚戒指都要金戒指就隱藏著這個精神象徵；杯子是容器，也象徵著女人的子宮，一個女性的器官，可以容納孕育生命。金杯將此二元素合在一起，就代表了永恆的愛、永恆的容納。能夠飲用這個金杯所盛裝的液體，就代表女兒總是可以不斷的從生命的泉源、母親的生命之源得到滋養，像是繼續活在母親的子宮裡。

在旅程上，公主不斷地需要飲水。飲水，象徵著這個女孩離開了媽媽、離開了滋養的地方，就變得很乾枯。她想要重新得到大地之母的滋潤，然而這個時候，她已經不再能夠如從前般輕易得到，她必須倚靠自己的力量去尋水，找到滋潤的來源。

故事中的侍女是個壞心眼的角色，是公主苦難的起點，但若不是壞心侍女的出現，公主就不需歷經波折。但我們試想，如果公主說：「你去給我拿水！」女僕馬上應答：「是！」然後照辦。這樣公主會很幸福，她不用付出任何力氣，就會有水喝，她的生命可以永遠處於被動，女性自我發展的歷程將不會前進。於是，母親的金杯在旅途的初始就須要被去除，侍女拒絕用這個金杯替公主盛水，公主只好自己爬下馬來，用雙手屈成一個碗，讓自己有水喝。在這個時刻，公主尚未擁有屬於自己的容器。有一天，當她成為皇后的時候，當女性成為母親、蘊含母性能量的時候，就會創造出屬於自己生命的金杯。

羨慕與嫉妒

「到底哪一個是真公主？哪一個是假公主呢？」從公主與侍女一踏上旅途，就出現這個議題。侍女取代公主成為王子的妻子，這樣真假難辨、身份替換的情節，也是童話故事常見的主題，例如〈乞丐王子〉，故事中的王子與乞丐男孩，兩人互相羨慕著對方的生活，於是相約交換身分。

這樣真假身份的主題，是一個固定而熟悉的母題（motif），也就是表面為一，其實內在為二的狀態，看似只存在一個人，其實是一顯一隱、一好一壞的兩個人。當故

事中出現這樣的母題，通常值得我們重視。榮格認為 2 是陰性數字，當兩個或二的數字出現時，可以被理解為一體兩面，光明面與陰暗面的意涵，代表著自我（ego）和陰影（shadow）這兩個人格的相對面向。陰影是不被接納的心靈內容，難以面對的自我課題。例如公主是天真無知的，她完全不認識自己的潛意識，不瞭解自己內心黑暗的部份，她以為世界隨著自己運轉，她可以任意要求，由於對自己的黑暗意識全然無知，使她面臨許多困境。在〈牧鵝少女〉裡，侍女正是代表公主的陰影，那個隱藏的、不為人知、黑暗的一面。公主面臨著可能會被殺掉、被詛咒、被變形的危機，公主不認識自己陰暗的能量，就會在陰暗的能量出現的時候，遭遇粗暴的對待。

　　探討真假公主這個母題，讓我們觸碰到關於「嫉妒」的陰性議題。當我們談論「嫉妒」時，總是想到女性滿腹心機的樣子，中文裡「嫉妒」兩字的部首都是女，清楚的表明中國人的祖先看到它的陰性心理動能屬性。嫉妒是什麼？故事中的侍女心裡想著：「妳有的，我也想要。為什麼是妳過著好日子？為什麼是妳嫁給王子？為什麼不是我呢？」心中無比嫉妒著公主，「我現在有機會了，我要把妳踢下去，把機會搶過來。」

　　那個「我也想要」的動能，是我們個人發展過程當中，必須要面對的。我們通常很難承認自己是嫉妒的，大部分肯

承認這種心情的人，是把它當成愛情中的一種狀態，「我很容易吃醋喔，你要小心。」很少有人會認真的說：「我是很嫉妒的人，在我身邊你要小心！」它絕大多數的時候是藏身在人格的陰影處，即使妳很嫉妒，妳也不認識它，甚至別人指出來，妳也會抗拒認識它，因為嫉妒是個黑暗的情感，難以跨越道德的監控，使得大部分的人無法在生活的層面上認識這個自己。

侍女想要把公主擠開、取代、殺害正是這個故事裡面所要展現的女性成長議題，這不是每個女性都會遭遇的，但卻是許多女性必須面對的問題：有關於自己無法克制地對於他人，產生巨大的羨慕與嫉妒。許多童話故事裡都講述了關於嫉妒的議題，最有代表性的當然就是〈白雪公主〉中持有魔鏡的皇后，她代表了所有女性對年齡、容貌的渴望與焦慮所產生的嫉妒。童話故事裡毫不迴避的描述這樣的人物和事件，幫助我們認識它，讓我們可以有言語和意象去描述和靠近它，讓嫉妒成為一道容易下嚥的苦菜。在日常生活中，我們是難以如此輕巧的描述我們的嫉妒，「為什麼是他，不是我！」生活中光面對他人這樣嫉妒的酸楚，就令人難以招架了，更何況要直視這樣嫉妒的自己。

公主的暗面

　　從童話的意象中，我們繼續來揭開陰影的眞實面貌。故事中的侍女，屬於公主陰暗的面貌。那麼公主的陰暗面是什麼？我們可以說公主被母親所寵溺，處於被動與接收的存在狀態，公主積極主動的質地被分割出去，放置在侍女的身上。侍女（wating woman）的「侍」（waiting）有等待的意思，代表她等著世界對她的招喚，她會立即採取行動積極的回應這個世界。

　　在現代的故事創作裡面，爲了要讓故事角色栩栩如生，會將故事人物的人格多樣性豐富的勾勒，重要的人物會有愛有恨、有衝突掙扎，這樣才能貼近我們生活的經驗。但這樣多層面豐富的人物刻劃手法，並不會出現在童話故事裡。童話故事會把好與壞全部都切開，好人就是完全的好，所有的人都愛她，她是世界上最美的、最善良的、最無私的。壞就是全然的壞，她就是完全的殘忍、自私、愚蠢。這個故事裡，侍女承載著公主所有的陰暗面，她既嫉妒又自戀，她包藏禍心，一有機會就把主子拉下馬來。可是這個陰暗的侍女很積極主動，一拿到機會馬上展開行動，攻擊性極強，不像牧鵝公主只會服從他人的要求完全沒有反擊能力。這樣的主動與行動力尚未被公主認識，是她陰暗裡的特質，因爲當母親的權力太巨大、控制慾太強，孩子會產生一種沒有權力的無能

感，變得柔弱、無力對抗，因而展現出對權力的迴避：「我不要這個東西！你們愛你們去搶，我不要！」因為她完全不知道該如何駕馭力量。許多女性在職場上會閃躲權力，即便當機會來臨，也只會選擇躲開。

侍女要搶奪的是權力，她要成為新的皇后——理想的女性典範，所以侍女是野心勃勃的陰性原則。當母親和女兒的關係太強烈緊密的時候，母親擁有權力、能夠給予愛，而孩子在被愛的低下位置上，無法擁有權力、無法經驗有力量的自己，所以她的陰影就是對於權力的無比渴望，這樣的渴望只能隱藏在內在世界。當一離開母親的世界，這個侍女馬上翻身上馬，將柔弱那部份的自己驅趕出去。

渴望權力的侍女人格，在一離開媽媽的控制後，就能夠出現。權力的陰影現身在很多初初離家的年輕孩子身上，那些年輕孩子一離開家獨自生活，立刻就變成另外一個樣子，自己的另外一面在家庭外的世界大鳴大放。侍女開始壓迫公主，要公主下馬，逼她直接去接觸土地。陰影，變成推動這個無助女孩成長的動力，她不接受公主完全的無力，不再允許她用被動的形式回應世界、不允許她閃躲。

我們將公主跟侍女兩者，視為自我和陰影的關係，他們是一對相依相抗的精神姐妹，彼此相互控制又連結。公主代表意識層次的自我（ego），她是個可愛甜美的女生，有著很好的人際關係，能與人建立良好的連結，自我總是想去控

制和隱藏自己嫉妒的部份，而侍女代表著被驅趕到潛意識層次，成為性格陰影中善妒與對權力的渴望，她想方設法要探出頭來發展自己。甜美的公主內心有著這個暗黑的一面，只有在離開母親的家之後，才開始面對這個心靈實相，但這也就是一個完整的人的真實樣貌。

　　女兒黑暗的陰影是從哪裡來的呢？我們可以視為從母親傳承而來的。母親對權力的掌控，變成了女兒陰影的一部分。故事中的侍女是皇后指派的，可以詮釋為母親的延伸，進入了公主的內在，於是公主和侍女合在一起。在旅途當中，一離開母親進入曠野，兩人的身份就翻轉過來，陰影變成的侍女就變成要結婚的人，原本的公主變成了侍女，這個翻轉的過程，是完成自性化的過程中必須經歷的部份。這個階段，粉紅公主變得不如以往可愛了，她開始經驗到自己內在種種的黑暗不斷冒現。

　　侍女翻身上了駿馬，顯現了一個重要的歷程，權力變成了上位，代表連結的愛成了下位。榮格說：「沒有愛的地方，就會被權力佔據」當兩者同時出現時，權力和愛是互相排斥的。正向的母女情結在此仍是要面對隱藏的權力問題，要成長為獨立的女人需要敢於面對母親大權在握的權力挑戰。

血的奧秘

　　〈牧鵝女孩〉這個故事有另外一個名字：〈三滴血〉，三滴血代表著母親與女兒強烈的連結。在故事中，三滴血不斷向公主提起：「如果妳的媽媽知道你現在這麼可憐，妳的媽媽一定心都碎了。」三滴血見證了女兒所受的苦難，然而它們也無法做什麼，甚至到了後來也隨溪水消失了。這三滴源自於母親的血液是母親的象徵，所以在女性的發展中，它們必須被丟掉、消失，否則女兒就會一直在媽媽的保護底下，長不出獨立的力量。

　　艾利克 • 諾伊曼（Erich Neumann）在《大母神》（*The Great Mother*）一書中，提到女性質地與男性的不同，尤其是在「血」的奧秘。他提到女性的轉化都跟血有關，第一次的女性轉化始於初潮，開始有月經代表女性有孕育生命的能力。初次性經驗的落紅，女性與男性的結合，甚至意味著成為一名妻子。接下來女性懷孕，子宮裡孕育了下一代，胎兒在女性的身體裡，吸取了母親由血液轉換成的養份。最後的階段是泌乳，女性用由血轉換而成的乳汁，養育著幼小的生命。血對於女性來說，有許多神祕且珍貴的意涵。其實不只是女性，男性也有藉由歃血為盟而相融連結在一起的表現。三滴血的象徵裡，有著母親對於女兒的不捨和持續的保護，也代表生命轉化過程必要的象徵。當公主失去那塊手帕的時

候，就代表了放棄母親對她的保護，也指出了在轉化過程中，成長所需付出的代價。

梳美麗的頭髮

在故事當中，公主遇到了三個人：侍女、牧鵝男孩、老國王，可以視為是女性在自我發展中，需要整合的三個心靈面向，直至最後她變成了皇后。第一個階段侍女是權力的陰影，想要擁有與掌控；第二個階段來自於牧鵝男孩。許多童話故事裡面都會有身形矮小的人存在，例如侏儒、小矮人等等。當我們一想到這些角色，心裡總是不自覺地聯想到，戴著小尖帽跑來跑去的小男人，這都可以視為尚未成長的男性特質，小陽具的象徵，一種尚未成熟的男性能量。公主和牧鵝男孩一起工作，是女性成長中與自己內在陽性相遇的開始。

牧鵝男孩代表著年輕女孩尚未成熟的男性能量，也代表著需要發展的獨立自我，藉著牧鵝工作展現出需要被培養被訓練。

男孩嘗試著與女孩遊戲，這樣逗弄的態度如果不能突破，自我的整合之路將停留在遊戲的層次。就像年輕女孩未經世事，遇到想和自己玩耍的男孩，難免情竇初開，容易陷入情感想像的粉紅泡泡裡。如果女孩沒有通過這個挑戰，持

續的跟小男孩玩耍調情，就可能滯留在不成熟的自我發展階段，淪為永遠的養鵝女孩，和養鵝男孩在一起。這代表心靈停留在較低的本能層次，沒辦法提升，沒有辦法將內在的男性質地發展出較高的層次，無法自我進步，也無法成為皇后。

　　所以公主採取了非常重要的行動，她梳理了自己漂亮的頭髮，同時讓小男孩知道：「你不可以跟我玩，不可以拔我的頭髮！」頭髮是很多童話故事裡的重要象徵，頭髮從頭裡長出來，可視為頭腦的延伸代表著思想，很多的頭髮代表有許多的想法需要被整理。我們靜坐的時候，總會經驗到思緒源源不絕地冒出來，這些思緒就像是「三千煩惱絲」。公主梳理和編整一頭長髮就好像她與自己真實的接觸。在這之前，公主可能從來沒有為自己梳過頭，因為她從來都不需要思考，但是現在她已經落入與鵝為伍的境地，她需要開始去面對自己、整理自己，思考自己所有的可能性。公主梳了頭髮，代表女性內在潛意識裡的思緒被面對、修整，這是她和牧鵝男孩相處時，一個重要的發展階段。

智慧的長者

　　最後一個公主遇到的人是協助她走向整合的老國王。國王在故事的初始是出不來的，在故事的後半才出現，從一個

純粹陰性、沒有陽性引導的世界中開始成長，走到最後，公主已經發展出自己的陽性能力。自我整合的最後一里路，需要藉由這位智慧長者的辨識能力幫助完成。老國王是第一個看出公主獨特質地的，他發出這樣的訊息：「咦，這個女孩有她獨特的地方，她是誰？」他有能力辨識與判斷，也同時好奇事情如何發生，他會去觀察，也會找到方法把事情的真相呈現出來。

這個主動的、好奇的、有行動力的陽性原則，就是公主發展的最後階段，這個時候，國王代表的是成熟的陽性原則，是能夠辨識真偽與做出判斷的理性能力。在這個故事裡，女性的發展走向完滿，公主得到了幸福美滿的生活。唯一沒有發展的是王子，王子根本沒看出來，就把假公主接到房間裡，他沒有辦法分辨侍女與公主，當假公主要求他去砍下馬頭，他也就順從了。所以這個故事是公主的故事，而不是王子的故事，王子仍處在尚未發展的男性意識。老國王所代表的真智慧，帶引女性進入最後的發展階段，從女性的心靈中，發展出一個有辨識能力的陽性原則，有智慧、有決斷能力。女性心靈全面的發展，在此才能將過程中不同的自我挑選、揀擇，將一路上所經驗的整合成為一個新的自己，完整地重現，就是老國王所代表的議題。

鵝的象徵意義

〈牧鵝女孩〉為什麼牧的是鵝而不是其它更常見的動物。在西方文化，鵝是陽性的動物象徵，這跟鵝是十分有領域感的動物有關，他們警戒心、攻擊性很強。有些鵝是會飛的，在北美歐洲大陸的天鵝和飛鵝，到了遷徙的季節，會很有目標的往一個方向飛，歷經長程的飛行，到溫暖的南方，所以鵝象徵著有目標、有方向的動物能量。鵝生活在水邊和水上，所以被視為與母性能量很靠近。在希臘神話裡，美與愛慾之神阿芙羅黛蒂（Aphrodite）身邊的動物是鵝，應該與鵝的長脖子有關，因為彎曲的長脖子是情慾與男性性器的象徵。童話與神話裡的金蛋幾乎都是由鵝生的，這也是與鵝所代表的神聖情慾象徵有關。

故事中的公主，必須下降到與情慾的能量為伍，她要牧養它們。反過來，這樣的能量也能餵養公主，性的能量從她的潛意識升起來，讓自己能夠飛翔上去，也能夠降落，作為一個帶有情慾、成熟的女性，下一步才能往皇后邁進。鵝所攜帶的巨大的、能攻擊也能鎮守的，有方向性的能量，被接納至公主的內在，她才能夠成為皇后。

最後牧鵝女孩成為皇后，那個女性的身體裡面，內在還是存有著牧鵝女孩，所有公主經歷過的、失散的、沒有發展的自我也被包容著、被牧養著。這個時候她才能夠跟王子

結合，成爲一個新的皇后，一個新世代所呈現的女性理想代表。

把門關起來

　　故事來到尾聲，假公主被丟進一個裡面釘滿了尖釘子的木桶，由兩匹白馬拉著在大街上奔跑直到她在痛苦中死去。最後這個可怕的處罰，怎麼會這麼殘忍呢？爲什麼不能原諒她呢？

　　在這個最後的處罰裡可以看出來，這個假公主，也就是侍女，和前面的母親有關，因爲她被放進桶子裡。桶子是容器，非常帶有母性的意象。侍女本來就是黑暗的陰影，她又重新被放到桶子裡，被放進黑暗裡。公主已經把陰影變成了她所能意識並接納的部份，完整了自己，完成了她的旅程。女性心靈經過了辛苦的歷程，認識了嫉妒的黑暗面，而侍女就能夠回到意識的底層，回到那個黑暗的世界去。這回應了爲什麼童話故事後面的處罰，總是如此慘無人道，因爲它們必須回到那個黑暗的世界，然後再把門關起來。

第三章

逃出高塔：
萵苣姑娘

從象徵進入符號

　　榮格重視象徵的圖像，他認為象徵是心理能量的表徵，具有轉化與重新導引本能的作用。同樣是圖像，象徵與符號的區分來自他們在意識世界的位置，象徵從潛意識中浮現，尚未全然被意識接納吸收，仍處在意識與潛意識的中介地區，榮格稱此為第三空間（The third space），而符號是已經完全意識化的象徵，不再有模糊不清的、曖昧不明的無意識內容。比如交通標誌是一個符號，告訴我們紅燈亮了不可以走、綠燈亮了可以通行，符號所代表的意義清楚而明確，且通常是被規範的。有人戴著十字架，我們會說：「啊！你是基督徒。」因為十字架是基督教的標誌，就像我們認為佩戴佛珠的人是佛教徒，佛珠也是識別證，以符號標誌了身份。符號當然是人為的，當某個意象所代表的意義，經由共識被集體接受，例如國旗、交通號誌，就意味著這個意象被意識認定了，它的內涵已經確立。所以可以被精確地、簡捷地使用。榮格所定義的「象徵」相較於明確的符號，它們保留著較多尚未釐清的訊息，仍然容許意義上的歧異，也仍然能對它們做更多的想像，也就是象徵的質地尚未被窮盡。象徵可以是還沒有被完全意識化的符號。對於某人、某事、某物，我們還有想不清、說不明的曖昧，而且會帶出神祕性的、情感的、與自己預設不完全相同的感受。或許也可以這

麼說，相較於符號，象徵還是變動著、活著的存在。

　　在心理工作裡，分辨符號與象徵是重要的，我們會尋找是什麼引發了個案莫名的情緒或情感，雖然此刻還搞不清楚原因，但只要辨認出象徵，就可以開始與其代表的意義和造成的影響慢慢展開工作。

　　我有一位偏愛某個圖案的個案，只要看見印有那個圖案的衣服，即使家人一再提醒她已經有很多件類似的了，她還是會不由自主地買下來。她說，當她穿上這個圖案就會覺得心安，而且她也喜歡穿這種圖案衣服的男性，男人穿了這樣的衣服就讓她覺得此人穩定、可靠。某一次的分析中，她突然發現那衣服圖案的源頭，她說：「我知道了！」邊講邊流淚，「我記得小時候爸爸有一件這樣的衣服，冬天的時候他常常穿著它。」她想起小時候的自己和愛著爸爸的感覺。她是家中爸爸最疼愛的孩子，在長大過程中他們的父女關係變得愈來愈辛苦，因為爸爸總是為她做決定，由於爸爸看得比她遠、想得比她周延，讓她即使是抗爭不斷，最終還是選擇順從父親的意見，久而久之，她認定自己不夠聰明，必須仰賴爸爸或其他威權男性替她做判斷，如果她的意見與「父親們」相左，她就會非常難受。她與父親的衝突依戀，在父親老去後變得不再清晰，她的生活裡不再需要父親下指導棋，她也不必再對抗父親的意見，而父女之間愛與安全的情感，轉為一種隱匿的形式，躲藏在衣服的圖案裡，成為一個幼小

女兒對父親的渴望。

我們相遇時，她居住在距離父親很遠的城市，然而父親的形貌仍滲入她生命裡的不同領域，她與男性主管處得特別好，他們尤其欣賞她的乖巧、勤奮與順從。當她終於看見父親如何影響自己時，我們朝著女性獨立的目標一起工作，共同經驗了一段漫長而艱難的過程。在這個過程裡，原先被包裹在衣服上那個特定圖案的意義越來越清晰，於是這個圖案的魔力開始下降。當案主發現，原來這個圖案代表了童年與父親相連的溫暖與信賴，圖案就漸漸回到圖案，可以與這個情感連結脫鉤，它的象徵意涵漸漸減少，而符號性則隨之增加。對案主而言，經由這個釐清象徵的過程，某種不明的、神祕的、不可理解的溫暖跟安心，慢慢地從潛意識移位，移動進入意識的層面，她逐漸發展出有意識的自我評估，如父親般的對待、支持與關愛自己。

從符號回到象徵

榮格心理學稱這個移位的歷程為由象徵進入符號。當象徵進入符號以後，符號就是符號，符號還是有意義，但是失去了神祕性。許多人可能曾經在信仰的道路上經驗過這個歷程，好比年輕時走進教堂或佛堂，會感應到深深被觸動的、神祕的靈啟，但隨著每天跪拜每天讀經，越來越熟悉其要義

與儀式，因為一次又一次的理解與實踐，要義與儀式漸漸失去了神祕性，而我們也逐漸失去了那種深刻的感受，跪拜與讀經還是有力量，但是已經轉變為意識的力量，可以為我們所討論、解釋、辯證，或者用來教學等等，繼續在我們的生活中被實踐。

象徵之所以有魔力，是因為它在我們身後，我們看不清楚、還不懂，也就無法使它成為資源為我們所用。一旦象徵的潛意識力量被看清楚以後，它就成為意識的內容，可以成為我們的歷史。探索自我的這條路，可以視為持續地把數不清的象徵變成符號的過程，我們努力做這件事，是因為希望了解自己、掌握自己，不被未知的、不明白的力量所控制。然而，象徵是不可能窮盡的，在我們每天的睡夢中，潛意識還會不斷地丟出新的象徵。某些象徵特別有力量，很容易可以被意識捕捉與記憶，以前面提到的個案為例，由於父親在她的心目中十分巨大，她的潛意識便持續不斷地送出新的與父親有關的象徵，如果她願意不斷地和這些象徵搏鬥，父親的魔力就會減少，自己的發展會越來越強大。象徵會不斷地以不同形式從潛意識裡冒現，可是一旦變成符號，它就不再屬於潛意識，而成為意識的資源。

這一章，我們要談萵苣姑娘（又稱〈長髮公主〉）的故事，提起〈萵苣姑娘〉，我們立刻想到被壞巫婆關在高塔裡的長髮女孩，大部份人都熟知這個故事，〈萵苣姑娘〉對

我們來說似乎已經不是象徵，比較像符號了。既然如此，何需再費神分析或詮釋它呢？很多人把童話當作符號使用，好比迪士尼不但把〈白雪公主〉、〈灰姑娘〉、〈睡美人〉與〈萵苣姑娘〉拍成動畫，還發展出許多週邊商品，但商品化的圖像，多半已經失去了象徵具備的神祕性，只剩下符號的意義。這樣使用童話當然也可以為生活增添一些比喻，好比自嘲：「我最近上班無精打采，好像睡美人喔！」或者「做家事真苦命，我是灰姑娘沒錯！」但如果深究童話原型質地的內涵，我們仍可以發現它具有超越符號的恆久生命力，還是有能力帶領我們進入個人與集體無意識的領域。

有些故事一代傳一代，不同時代被賦予不同解讀，還可以添加新的意義繼續流傳下去，這些就是具備原型質地的故事。如果一件作品，無論小說、繪畫或戲劇，它的意義在當代就窮盡了，就會被留在歷史檔案裡，無法跨越時間與空間形成的「界」，無法繼續被敘說、被觀看、被體驗。面對可能被你我認為已經成為符號的〈萵苣姑娘〉，我們能不能在其中找到新的角度、看見新的事物？能不能跨越理所當然，等待新的象徵升起，容許創造的、神祕的、不明的意涵豐富這個故事，讓故事一代傳一代，繼續活著？這個歷程，就是從符號回到象徵的歷程。

符號已死，但象徵還活著。一個故事講著講著，如果沒有新的理解與體會，就會像嚼口香糖到後來變得沒有味道

了，雖然還是可以拿來說，但說故事的人提不起勁，聽故事的人也覺得「啊，不就是這樣嗎！」可以說這個故事的生命走到這裡停滯了。文化也好，藝術也好，心靈發展也好，日常生活也好，我們希望它是持續流動的，透過學習與創造，跨越時間或地域的限制，在「老舊」裡與新的可能、新的生機產生有活力的連結；用榮格學派的語言來說，就是重新與象徵連結、重回象徵性的生活。以日常為例，我們習慣每天上班上學，然後回家煮飯睡覺，日復一日在軌道上運行的你我，其實滿心期待在規律當中找到新意與樂趣。同樣是煮飯，在準備某頓晚餐的時候創造了之前與家人沒有過的關聯；同樣是上班，某天在茶水間裡體會到之前不了解的沖咖啡的手感──這就是產生象徵意涵，就是把象徵的力量重新帶回生活當中。

　　我們的祖先使用大量的儀式創造這種連結，譬如端午立蛋、中元超渡，也透過行動傳承這種連結，好比逢年過節，長輩帶著孩子到廟裡燒香拜拜，對阿嬤來說，神明不可知，然而卻是真實存在的，帶著孫子孫女去跟神明說話，這裡面有一種生命傳承以及與永恆連結的目的在，這個行為就是活著的。但在追求效率與實證的現代社會，許多傳統儀式被我們視為不得不，也就失去了象徵的力量，好比很多人越來越不喜歡過年，為了趕赴年夜飯被困在路上幾個小時，失去意義感的儀式成了費時費力的勞務與威權規矩，不再具備能

量，不能創造新鮮的、活著的體會與感動。如果用我們對儀式的無感來測量現代生活，我們似乎需要重拾從符號回到象徵的能力，做些努力以喚回靈性的、神祕的、活著的生活，一種象徵性的生活。

萵苣姑娘

　　從前，男人和女人是一對夫妻，結婚很久，一直想要孩子，可總得不到。最後，女人只好祈求上帝賜給她一個孩子。他們屋子後面是另外一戶人家，高牆裡面有一座美麗的花園，這位太太從自家二樓的小窗戶偷看，裡面漂亮極了，四季長滿奇花異草。大家都知道這座花園的主人是一位全世界法力最高強的女巫，人人都怕她，誰也不敢進去。

　　一天，妻子又站在窗口看向女巫的花園，看到一片漂亮的萵苣。萵苣綠油油的，水靈靈的，立刻勾起她的食欲，好想嚐嚐它們的滋味。她一方面感覺到自己的渴望與日俱增，一方面也知道這是女巫的萵苣，無論如何也不可能得到的。日復一日的內在衝突，讓她變得憔悴、蒼白、痛苦不堪，丈夫注意到妻子的改變，嚇一大跳，問她：「親愛的，你哪裡不舒服呀？」「啊，我好想吃女巫花園裡的萵苣」她回答，「要是吃不到，我就難受得要死掉了。」丈夫非常愛太太，看見她

這麼難受，心裡想「不如冒險去園子裡弄些萵苣來給她吃，管它會發生什麼事情！」

　　夜晚快要來臨時，他偷偷爬過高牆，溜進了女巫的花園，拔起一把萵苣，飛快跑回來交給妻子。她看到萵苣，高興得不得了，馬上清洗，做成沙拉，狼吞虎嚥地吃了下去。這一夜，太太心想「這萵苣的味道真好，跟我想像的一樣美味。」到了第二天，想吃萵苣的欲望變成之前的三倍，已經吃過是不夠的，她變得更想要萵苣了。於是她對丈夫說：「你還是願意為了我去拿萵苣吧？」為了滿足妻子，丈夫只好再次在夜晚快要來臨時翻牆過去。然而，才剛落地，就嚇了一大跳，因為女巫站在前面，眼睛瞪得大大地，對他說：「好大的膽子，竟然敢跑進我的花園，還偷採我的萵苣，像個小偷一樣！」又說：「你必須為此付出代價！」

　　「請可憐可憐我，饒了我吧。」丈夫哀求：

「我的老婆實在太想吃妳的萵苣了，如果吃不到，她就會死。」女巫聽了之後，氣慢慢消了一些，對他說：「好吧，如果事情真像你所說，我可以跟你作一個交換，你要多少萵苣都沒問題、都讓你採，可是你們的孩子得交給我，我會做一個很好的媽媽。」丈夫沒辦法，只好答應女巫。後來，妻子真的生下一個女兒，可是當孩子剛剛呱呱落地，女巫就來到他們家門口，對他們說，她會把孩子命名為萵苣（Rapunzel），「我會做個好母親，你們放心！」便把孩子抓過去，然後就消失了。

　　時間很快地過去，小女孩滿十二歲那年，女巫決定把她送到森林深處，把她關在一座高塔裡。這座高塔既沒有門、也沒有台階，只在塔頂有扇小小的窗戶，萵苣住在裡面，靠著女巫每天送飯菜來給她。每當女巫要上高塔，就站在塔下大聲叫道：「萵苣！萵苣！把妳的頭髮放下來。」萵苣姑娘長得很美，還留著濃密且如金絲般閃閃發

亮的長髮。一聽到女巫喚她，便把長髮綁成辮子，
繞住一只窗鉤，然後直洩而下，女巫順著辮子爬
上來，把食物帶給她，每天都是這樣。

　　因為多半一個人在家，所以當萵苣覺得寂
寞，她就開始唱歌，歌聲跟她的樣貌和她的長髮
一樣美妙。有一天，國王的兒子騎馬路過森林，
聽到萵苣的歌聲，因為深深被歌聲吸引，王子決
定要找到唱歌的女生。他在高塔四周繞了好幾圈，
都找不到門，只好失望地回去，可回去以後，還
是對那個歌聲念念不忘，所以他每天都來聽她唱
歌。這天，站在樹後的他，看到女巫走到塔前大
聲叫道：「萵苣！萵苣！把妳的頭髮放下來。」
然後金髮放了下來，女巫沿著髮辮爬了上去，看
到這裡，王子很高興，心想「我知道怎麼做了，
明天來試試運氣。」

　　第二天傍晚，他來到塔下，依樣畫葫蘆，大
聲喊叫：「萵苣！萵苣！把妳的頭髮放下來。」

果然金髮編成的辮子就垂了下來，王子順利地爬上高塔。

　　當萵苣姑娘看到爬上來的，竟然是個從不曾見過的男人時，徹底嚇壞了。但在聽完年輕英俊的王子溫柔仔細的自我介紹之後，萵苣姑娘就接受了他，允許王子可以天天來看她。天天來，天天來，兩人日久生情，王子開口跟她求婚，要求萵苣嫁給他。萵苣姑娘心想，「他這麼英俊瀟灑，又比我的教母還要愛我。」所以就答應了。因為女巫教母白天來，所以王子丈夫就等到晚上來，他們還講好，每次王子上來，就帶一條絞好的線繩，等到囤積足夠，萵苣姑娘把線繩編成梯子，讓她可以離開高塔，跟著王子遠走高飛。

　　過了一段時間，某天萵苣姑娘不小心說溜嘴：「教母，為什麼妳那麼重？我拉王子沒有那麼費力，可一下子就把他拉上來了。」女巫聽了大怒：「什麼？你這壞孩子！我還以為我已經讓妳完全

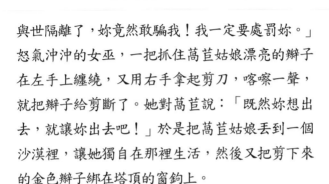

與世隔離了，妳竟然敢騙我！我一定要處罰妳。」怒氣沖沖的女巫，一把抓住萵苣姑娘漂亮的辮子在左手上纏繞，又用右手拿起剪刀，喀嚓一聲，就把辮子給剪斷了。她對萵苣說：「既然妳想出去，就讓妳出去吧！」於是把萵苣姑娘丟到一個沙漠裡，讓她獨自在那裡生活，然後又把剪下來的金色辮子綁在塔頂的窗鉤上。

　　晚上，王子來了，又在那邊叫喊：「萵苣！萵苣！把妳的頭髮放下來。」女巫把頭髮放下，爬上來的王子發現等他的不是心愛的萵苣姑娘，而是惡狠狠瞪著他的女巫。女巫說，「啊哈！你以為你那隻可愛的小鳥還在巢裡唱歌給你聽嗎？我告訴你，她此刻已經被貓吃掉了，而且你的眼睛，也會被貓抓出來。」王子非常傷心，絕望之下，從高塔縱身跳下，但是他並沒有摔死，而是掉進一片荊棘叢裡。荊棘刺進他的眼睛，王子兩隻眼睛都瞎掉了。

　　瞎眼的王子四處流浪，就這樣過了好多年，後來，王子終於來到萵苣姑娘被丟去的那片沙漠，再度聽到熟悉的歌聲，就往聲音的方向走去。萵苣跟王子分開時，已經懷有身孕，這時的萵苣姑娘生下了雙胞胎，一個男孩跟一個女孩，當瞎眼的王子靠近，萵苣姑娘立刻認出了他，並且擁抱著他。看到他受苦的樣子，萵苣姑娘也很難過，摟著他的脖子哭了出來，她的兩滴眼淚掉進王子眼窩，王子的視線恢復，又能像從前一樣看見了。他帶著妻兒回到自己的王宮，受到人民熱烈歡迎，從此過著幸福快樂的日子。

渴望帶出可能

這個故事就以女主角的名字 Rapunzel 爲名，Rapunzel（萵苣）是德文，不是我們平時常吃的萵苣（lettuce），它是一種深綠色小葉蔬菜，菜葉柔軟可口，屬於野菜的一種。萵苣長在巫婆的花園裡，既是香草美花，又可以入菜，帶著土地的氣質、蔓生的概念，是大自然尚未被打擾、不曾被污染，生生不息的、更迭滋養的象徵。這樣一個從母性大地生長出來的柔軟植物，代表著女性柔軟、溫潤、不張揚的質地。這樣的女性質地如何在兩個母親的生養下，最終發展出自己溫柔又堅強的樣貌，應是這個名字所代表的女性挑戰。

解讀童話的第一個重要步驟就是先確認開頭與結尾。〈萵苣姑娘〉從一對不能生育的夫妻展開，不能生育，就是核心議題。生育是這個故事初始的以及最大的渴望。接下來，第二個渴望也來了，那個想吃萵苣的欲望無法壓制，即便得翻牆闖入禁忌花園也在所不惜，這座花園長滿了美麗的花草，但花園的主人，是一位也不能生育的女巫，女巫也有生育的渴望。故事結尾，萵苣姑娘和王子在沙漠裡重逢，生了兩個小孩，從此過著幸福快樂的日子。故事從不能生育到豐饒產出，渴望被滿足了、問題被解決了、任務被完成了。從榮格學派的觀點，每個童話故事都提出一個精神世界等待被解決的問題，而故事的情節就是這個解決方案的演繹。

〈萵苣姑娘〉一開始就提出「創」與「生」的問題，生育作為象徵，不能生育、生不出來，代表人類心靈創造力的枯竭，新的可能性出不來。

孩子是新生命，除了代表新，也代表希望和可能。童話故事經常用小孩來代表生命的柔軟可愛，男孩女孩都一樣，生男孩偏向帶出新的陽性原則，而生女孩則偏向帶出新的陰性原則。新是過去沒有的，新會帶給我們期待，有些事情變得可能了、狀況與過去不同了。對於新的盼望，是一個原型。

〈萵苣姑娘〉故事裡的第二個原型是禁忌的空間，也就是巫婆的花園和後來萵苣姑娘所居住的高塔。〈萵苣姑娘〉的故事流傳久遠，之前靠著口傳，大約在十八世紀被寫成文字，故事源頭有好幾個版本。在其中的一個版本裡有位年輕女孩，她是女巫的忠僕被賦予掌管一串鑰匙的任務，女巫出門前交待她所有房間都可以進去，唯獨其中一間不行，好奇的年輕女孩走進了禁忌的房間，發現她的主人並沒有離開，頭上長出兩隻角，正坐在房間裡。這個畫面嚇壞了她，她也因為看到女巫真正的樣貌，被懲罰關在一座塔，塔上同樣沒有門，得靠她把頭髮放下來，女巫才能爬上去把食物帶給她。這個版本的禁忌是一個房間，與巫婆禁忌的花園一樣，也是一個常見的原型。

〈萵苣姑娘〉有許多不同的名稱，例如〈長髮姑娘〉或者〈長髮公主〉。我們最熟悉的意象，應該就是女孩在塔上，

王子在塔下，可以做成梯子的金色長髮，以及一位像媽媽又像警衛的巫婆。這幾個元素，帶出第三個原型：不被允許的愛情。

　　這故事中還有一個原型，就是交換。榮格童話分析裡經典的故事〈沒有手的女孩〉，說的也是一個因為想滿足某種渴望，只好與魔鬼達成協議的故事。故事裡有位貧窮的磨坊主人，在森林裡遇見一位陌生人，對方說：「我可以讓你變得很有錢，但是你得把磨坊後面的東西給我。」磨坊主人想，家裡後院哪有什麼東西？不就是一棵蘋果樹嗎？於是一口答應，對方現出魔鬼的原形，與磨坊主人相約三年之後來取。男人剛到家，太太就衝出來說：「發生什麼事情？為什麼我們家的箱子裡黃金不停地湧出來？」他把跟魔鬼的約定告訴太太，並安慰她：「沒關係的，後院只有蘋果樹。」太太一聽，立刻淚流滿面地說：「你不明白啊，我剛剛才叫女兒到磨坊後面去掃地。」男人這才知道魔鬼要的，不是蘋果樹而是他的女兒。在另外一個版本裡，磨坊的女主人想要釀出全世界最好的啤酒，魔鬼說：「沒問題，我教你做全世界最好的啤酒！而且，我只要妳給我妳跟這個釀酒桶之間的東西。」女主人想，這中間什麼都沒有啊，所以就答應了，但她不知道自己已經懷孕，在她與釀酒桶之間的、魔鬼要的，正是她孕育的新生命。因為被渴望驅動，想拿到極想要的一件東西時，必須為此付出當下還不知道、極為驚人的代價，這就是

童話故事裡經常出現的交換的原型，也是〈萵苣姑娘〉的開場。

這個著名的童話故事觸及了人類多個重要的心靈原型，難怪會被大家深深喜愛。它呈現出了人內在的動力：渴望所帶出強大的動能，闖入禁忌的房間，打破愛情的僵局，付出驚人的代價，讓被隱藏的那面現身，讓更新變得可能。

牆這邊的女人沒有名字

在童話分析裡，名字是重要的線索，從沒有名字到有名字，代表著從不被辨識到可被辨識；放進榮格所提出的自性化歷程的脈絡，就是個體尋找認定、發展獨特以及創造生命的過程。〈萵苣姑娘〉一開始提到一對無法生育的夫妻，他們沒有名字，就是極為普通的「男人跟女人」，代表規律平淡度日的多數人的生活，活在日復一日裡，無法產生新意。整個故事裡只有女孩有名字，女孩一出生就被命名為萵苣（Rapunzel），因此突顯了女孩出生的象徵意義。

故事開始時，牆這邊有位無名女，在成為母親之前，是一位不能生育的女人，她懷孕後，有了一個強烈的渴望：她從房子後面的小窗戶看出去，從小小的開口看見一個豐盛富饒的世界。小窗戶意味著一種縮限的、匱乏的、侷促的女性生命狀態，而牆那邊的花園，卻是那麼美麗、豐富與多樣，

兩者之間的落差誘發巨大的渴望，這個渴望來勢洶洶，無法自制，好比故事裡的女人一直活在規律與框架裡，某天突然瞥見孕育與創造的可能，雖然還未能發展出由此到彼自然而然的路徑，但那個渴望已然不可遏制。故事的發展是她的丈夫在夜晚爬過牆去偷取巫婆花園裡的嫩菜，但這個突破禁忌的舉動非但沒有滿足她的渴望，反而發展出成癮的行為。雖然她懷孕了，但是孕育與創造顯然沒有完全進入她的生命，她還是被困在一個無法掙脫的枯竭狀態之中。

牆那邊的女巫沒有傳人

　　牆那邊的世界又是如何呢？女巫有一座豐饒的花園，但是她害怕被人侵入，為了保護這片純淨的土地，她蓋起了高牆，團團圍住、框住花園。

　　古老社會裡，女巫經常代表有智慧的年長女性，她們生命經驗豐富、傳遞各種知識或訊息，又是女神的化身、守護者或者代言人，通常是被神選中而非自願擔任的，所以在聚落裡維持一種獨身的狀態，不能生育、沒有小孩，卻又被賦予保有、維護以及傳承她們身上所攜帶古老智慧的責任。

　　〈萵苣姑娘〉裡的女巫，服侍著主管豐饒大地的女神，跟土地與植物特別要好，為了不被人類或人類所代表的文明進步所破壞，她必須讓這座花園保有完全的純淨，確保不被侵入

或穿越。稱這種「不准進入」爲神聖性也好，或是永恆性也好，總之，誰都不可以進入女巫的花園！處女地，就是尚未被開採的林地，女巫就是年長的處女，她的世界不允許被侵犯或玷污，但這個原始設定隱含著一個必然的缺陷：如果女巫沒有傳人，她的一切也將消失，所以她必須搶奪他人的孩子作爲自己的繼承人。

創造的渴望

牆這邊的女人派丈夫去偷菜，驅使男性動能攀越高牆、闖入花園，被牆那邊的女巫逮到，反過來搶奪她的女兒。〈萵苣姑娘〉裡，女人和女巫互爲陰影，覬覦彼此所擁有的，原因是她們象徵了兩種對立的女性能量，一端是傳宗接代、與人連結、成爲母親與妻子的女性能量，一端是傳承智慧、與大地連結、不進入家庭的的處女能量。

這兩種能量之於女性內在發展是分裂的，很難在一位女性身上同時完成。把女巫傳承智慧的特質，去掉靈性的成分，放進現在社會裡，可能就是一群投身志業而非家庭的女性，她們把知識、才華、技術與專業發揮到極致，過著自給自足的生活，選擇不進入婚姻、不生兒育女。這樣的女性能量與生育小孩、傳遞生命的能量不能合一的結果，被分裂、被壓制出去的那一面，就會變成內在心靈世界的陰影，一旦

對立那面被自己看見，如同故事裡的女人與女巫，就會對對方產生極為羨慕或者極度厭惡的情緒。

女巫以及她所代表的智慧、純淨，是這個故事裡的妻子的陰影，而妻子以及她所擁有的生育繁衍，變成女巫的陰影。兩個女性，必須透過偷盜與搶奪，才能拿到自己渴望與欠缺的，〈萵苣姑娘〉的開場，說的是一個女性精神世界裡因為創造力路徑不同導致分裂、導致內在無法整合的困境。對於整合的渴望如此巨大，妻子看見美麗的萵苣，內在產生一種非吃不可、不吃會死的強烈欲望。在這個故事裡，萵苣被用來代表越來越難滿足的欲望，即使吃到了，欲望卻沒有消退，反而越燃越熾、繼續強大，這其實就是上癮。現代人的物質性成癮就像童話故事裡的妻子渴望萵苣一樣，越不應該，就越渴望、越沉迷，只好偷一點過來、再偷一點過來。

上癮與靈性

上個世紀曾被稱作成癮的年代，到了 21 世紀，成癮仍是一個嚴重的人類集體的精神狀態。曾接受榮格分析的比爾・威爾遜（Bill Wilson）是 20 世紀全美最重要自救運動「匿名戒酒會」（Alcoholics Anonymous；簡稱 AA）的發起人，他所創造的 12 步驟戒斷酒癮，有驚人的成功比率。

AA 主張，癮的根源其實是與靈性失聯，所以有人認為

這個自救方法就是一場靈性運動。進入匿名戒酒團體的第一件事，也是 12 步驟的核心信念，就是承認戒斷無法靠自己，自己的意志力做不到，得要臣服於一個更高的力量（但不限於宗教的神明或上帝），靠這個大於自己的力量達成戒斷。我們總是對自己說「明天就開始運動！」、「明天就開始靜坐！」、「明天就開始早起！」但我們通常無法達成，反正做不到也不會怎麼樣，比起運動、靜坐和早起，戒酒、戒毒與自身健康的關聯性更高、需求更迫切。但是要戒斷生理成癮現象的關鍵，卻是承認自己沒辦法做到，在心理層面承認有一股超越自己的力量存在，才能進行後續的戒斷。

比爾‧威爾遜曾與榮格討論成癮的現象，兩人認為「癮」可以被視為一種較低階的靈性飢渴。現代人的生活少了深度與廣度，太平凡、太規律、太機械與太理性的結果，導致生命對於靈性的渴望無從滿足，所以轉而寄託給任何一種可以立刻以感官感知的形式，例如酒精，例如藥物。茫了、嗨了以後，人可以感受到一種擴大和愉悅，一種超越自身限制的自由，一旦體會過小小的那個我被擴大了、被解放了、被取代了，就會一次又一次渴望再進入那樣的狀態裡面。

在這裡我們看到的是一種即便得到了也不滿足，渴望不斷升高，總還想要更多的心理狀態，從小窗戶凝凝看著隔壁花園的妻子，就像奧黛麗赫本在電影《第凡內早餐》（*Breakfast at Tiffany's*）裡面那樣，每天醒來第一件事，

就是去第五大道，在漂亮的珠寶櫥窗之前流連忘返。

　　渴望可以依附在任何物件之上，用以滿足我們的心理需求。在成癮心靈的最底層，有種對於自我被擴大或者自我感消失這類深邃經驗的渴望。當日常生活裡的宗教不見了、儀式不見了，沒有管道可以承接對於靈性深邃經驗的強烈需求，就會轉移給萵苣、珠寶、酒精、藥物或偶像團體等等，藉著這些替代的事物，跨越到牆的另一邊。所以成癮現象是一個現代問題，尤其常見於與大自然漸行漸遠的工商社會與進步都市。

　　成癮意味著某種深刻且強烈的渴望，但是在上癮的世界裡，我們看不到靈性的層次，也無法觸及個人內在深度的期待，只好用物質性的、表面的事物或興趣，以實際可看見與感知的行為、行動，短暫替代那個深刻且強烈的渴望。當代的成癮行為，經常以消費的形式展現，物質與商品暫時填補心靈的渴望，這可以幫助經濟的發展，但我們並不會在消費之中得到真正的滿足。

　　童話裡的妻子，渴望的是萵苣，不吃萵苣就會死，這不是很可笑嗎？如果置換成名牌包或者珠寶、鐘錶、鞋子，就比較不可笑嗎？成癮有一種越來越無法滿足的特質，剛開始，只是從小窗口偷看萵苣，然後想盡辦法得到一個小小的滿足，到了第二天、第三天，兩倍大、三倍大的慾望就會出現，好比有購物癖的女性，當季商品才剛入手，馬上又想買

下一季的新品，每次只能滿足一下下，接著更大的、更強的欲望就會出來。這個女人所渴望的，其實是創造力與生命裡新的可能性。

談到人類與欲望搏鬥不休，詹姆士‧希爾曼（James Hillman）曾引用牧神潘恩（Pan）的故事。希臘神話裡，潘恩是一位上半身人下半身羊、頭上還長著一對角的羊男，他以好色出名，整天在大地上遊蕩，一看到鍾意的女子，就出手搶奪、然後強暴，可以說他隨時處在性致勃勃的狀態裡。某次，羊男又看上一個女孩，但這位叫做席琳克絲（Syrinx）的女孩堅持不肯，她一直逃一直逃，到了河邊，再也無路可走，於是變成一叢蘆葦，寧願放棄生命，也不願意被潘恩沾染，最後，潘恩把蘆葦摘下，做成一隻笛子，帶在身邊整天吹奏，這就是畫作裡的牧神經常手持笛子的緣由。這位好色的潘恩，既是歡愉之神，也是音樂之神。席琳克絲抵死抵抗潘恩，寧願把自己變成蘆葦，而蘆葦做成的笛子，其形狀如同男性的性器象徵，所以希爾曼認為潘恩代表的就是性強迫症，他無法控制自己的性慾，總是被驅迫著去搶奪強暴，但是神話裡出現一個轉化，把強迫的性轉化為藝術，從舊的重複裡提煉出新的象徵，可以視為成癮的昇華。

牧神潘恩把他的性慾轉化成為隨身攜帶的笛子，吹著笛子的羊男，總是吸引人們和他一起唱歌、跳舞，帶出暢快恣意的愉悅氛圍，而音樂與舞蹈內裡經常承載了性的意涵，所

以可以說在這個神話裡，透過藝術的轉化，讓性的欲望向上提升與流動了。渴望是流動的，可以往下流，也可以往上流，往上流雖然困難，卻是對生命的一種挑戰。

高塔

　　童話故事開頭就點出了一個女性內在分裂的狀態，因為自己沒有能力轉化，只好去別人那裡偷取，被抓到以後，因為觸犯了禁忌，所以得接受懲罰，代價就是獻出新生的孩子。這個小孩除了代表新的生命狀態，也代表一種新的可能，用來處理或轉化內在的分裂，隨著故事的發展，孩子的爸爸和媽媽都消失了，只剩下小女孩和她需要面對的女巫。

　　就像許多童話裡的繼母，女巫呈現的是女性的黑暗面，代表了母親原型的負面特質，接下來的情節可想而知，才剛滿十二歲小女孩就被女巫關進了高塔。故事裡的塔，平地拔起，蓋得這麼高，是一個男性的陽具意象；沒有門、也沒有梯道，這種孤立與隔絕，不禁讓我們聯想到許多家庭、學校這種強制拘束青少年的意圖。當父母感覺技窮，不知道如何處理正在面對青春時期各種挑戰的孩子時，出於保護或照顧的本能，可能會想盡辦法把孩子隔絕起來，讓他們活在一個完全不被污染的環境裡。故事裡的女巫先蓋高牆、後蓋高塔，忙得不得了，就是希望小心呵護純淨的女性質地，讓女

性質地處在一種最無暇的、最完美的、不被沾染的狀態裡。正因為是密室植栽，故事裡與世隔絕的萵苣姑娘，對於真實世界反而變得沒有一丁點兒抵抗能力，這次叫門的是位王子，下次來的可能是個無賴。其實不管誰來，她都會跟著對方走，這也是父母之愛的困境，父母總是想把孩子放進無菌室，卻反而剝奪了孩子對外界誘惑產生抗體的可能。

雖然象徵禁閉，但是高塔本身如此突出於大地，萵苣姑娘又總是在塔上唱歌，彷彿在召喚另外一個精神世界與另外一個心靈向度現身。即便女孩極度孤立與被監禁，同時卻又被鮮明高舉，這就是〈萵苣姑娘〉最突出的意象：高塔與塔裡的女孩。十二歲的女孩，對性的好奇以及對世界的好奇，正隨著步入青春期而萌發，卻被代表絕對純淨、嚴禁涉世的女巫關進了高塔裡。

梳理思緒

〈萵苣姑娘〉另外一個令人印象深刻的意象，就是用以連結孤立高塔與外在世界的金色長髮，閃耀的金色長髮編成髮辮，成為梯子，能供人上下攀爬。青春少女的長髮，蘊含著豐沛的力比多（libido）與強大的陰性質地，這個能量，除了帶出性的能動性，也是一種欲力，一種生命發展與創造的能力，正好與高塔的封閉監禁形成極端的對比，這端是豐饒

蔓延的陰性，彼端是拔高控制的陽性。

　　頭髮的韌度極強，在許多神話裡都用來象徵強大的生命力，例如《聖經》裡的大力士參孫，他蓋世無雙的力氣全來自頭髮，在某次喝醉後，他把這個祕密告訴了心愛的女人，而被這個女人出賣，頭髮被剪、力氣全失的被監禁在牢中，故事最後，雖然參孫兩眼失明，但是新長的頭髮讓他恢復神力，搗毀了整個神殿。在其他故事裡，長髮有時也伴隨著梳頭的意象，髮從頭上長出來，所以梳頭也有梳理思緒的意味，一邊梳頭，一邊把思緒理清楚。萵苣姑娘頭髮這麼長，這麼豐饒的生命力得靠好好整理才能編成辮子，長髮、梳頭以及綁辮子的意象緊密相連，可以說女孩進入了青春期、進入了年輕女孩性的發展階段，藉著一次次梳理頭髮，為內在自我的發展作準備。在這個準備的階段，只有代表負向母親的女巫可以自由進出監禁女孩的高塔，直到王子出現。

在暗處孕育

　　至此，〈萵苣姑娘〉進入夜夜歡愉的場景，英俊的王子每晚都來跟萵苣姑娘幽會。只在夜晚現身的男人，也出現在希臘神話〈邱比德與賽姬〉的故事裡，愛神愛洛思（Eros；羅馬名邱比特 Cupid）只有在天完全黑了之後，才來和妻子賽姬（Psyche）交歡，他不許妻子看自己的樣子，對她說：

「如果妳看到我，我就要離開妳。」賽姬禁不住姊妹的慫恿與挑撥，在絕對的暗裡點起一盞油燈，驚見夫婿原來長得如此俊美，一個不小心，蠟油濺到美麗的愛洛思肩上，他痛醒之後，立刻振翅飛走，於是賽姬開始一段尋夫之旅；榮格入室弟子艾利克・諾伊曼（Erich Neumann）曾引用這個故事論述陰性心靈的發展歷程。「人約黃昏後，月上柳梢頭」的場景，不只西方童話跟神話裡屢見不鮮，不同文化裡也比比皆是，好比《聊齋》裡那些夜半不眠、癡癡等待女鬼或狐狸精來敲門的書生，以及《西廂記》裡為愛翻牆的張生。這些跨越文化與時代、一再重覆出現的情節故事，說的都是生命共通的一種只發生在黑暗裡的情慾原型。

　　這種存在於夜晚的歡愉，絕對不可以被白日的光照見，唯有繼續留在潛意識裡，保有一種不明就裡、糊裡糊塗的質地，才能持續那麼地愉悅，反正晚上看不清楚啊，可以不用負責任、只顧著玩耍。像王子這樣夜夜攀爬，在離開了地面、懸浮於半空的高塔之上與萵苣姑娘交歡，就是現實生活裡父母與師長最難忍受的青春戀曲。長輩經常對小情侶說：「小小年紀談戀愛，不切實際喔！會妨礙讀書噢。」為什麼戀愛會讓人分心、無法專心讀書？這種與夜晚情慾連結的思緒或感受，會帶來愉悅，但又還無法進入意識的層次，還不能被光照見，一旦我們看清楚它，它就會催逼我們的內在進入下一段旅程。

　　王子偷偷摸摸，來回在地面與高塔，讓我們聯想到希臘的偷竊之神荷米斯（Hermes）。荷米斯是一位可以穿越陰陽兩界、把人從冥府帶回地面的神，所以代表了越界與傳訊，因此也被奉爲商業之神與旅行之神。無論神話或童話，翻牆爬塔的，幾乎都交給男性角色負責，因爲偷竊、犯規與打破禁忌，需要的是陽性的穿越能量。

　　在女性心靈的發展歷程裡，遇到爸爸不准、先生不許，但是又想讓陽性能量出來，就必須像〈萵苣姑娘〉剛開始那樣偷偷摸摸地去隔壁花園摘萵苣。偷偷地做一點做一點，攔也攔不住，例如存私房錢就是典型的女性發展陽性能量方式。然而，儘管阿尼姆斯偷偷地翻牆或者爬塔，這個「偷偷地」只能在某個階段短暫扮演訊息傳遞的角色，就像小偷的工作不能公開、也總有風險，所以還無法眞正讓分裂的兩種女性能量合一。

　　偷竊跟偷情一樣，只能在黑暗裡發生，也就是說，此處所發生的，還未被意識知道、還不能爲自己所用。我們已知內在有眾多防衛機轉，一找到機會就對自己喊話：「我是好人不可如何如何！我是妻子不可如何如何！」但我們也已知心靈歷程走到最後，必須要讓新的資源被意識理解，成爲內在可運用的資產，所以童話或神話裡的小偷們總是亦正亦邪，當內在還未完全準備好的時候，還需要他們的穿針引線。希臘的小偷之神荷米斯到了羅馬時代被稱爲墨丘利

（Mercury），這位為眾神傳話的信使，擁有滑頭與狡詐的特質，當我們內在某些元素想從潛意識裡現身，是需要一點點滑頭與狡詐的幫忙，才能翻過意識的柵欄、圍牆、高塔，把它們從隱匿的世界裡帶出來。如果開始就明講，我們會說：「我不去。」必須等到被騙去，才發現這是必要的旅程，所以這些小偷與騙子，帶點些許哄騙欺瞞特質的角色，反而是精神世界裡意識與潛意識之間重要的橋樑與使者。

在黑暗裡還蠻愜意的，長髮的美麗女孩、英俊的王子，以及那些兩個人共同編織的、屬於夜晚的情愛美夢，愛意與情慾的蔓延，是女性從女孩進入女人，進而生兒育女、創造生命的重要孕育階段，必須設法逃過那位混合了白天以及威權的母親的監視。母與女之間總有著這樣的張力，媽媽會對女兒說：「不管妳有什麼心事，都可以告訴我。」但是女兒知道，有些事情，就是不能告訴媽媽，也不能被媽媽看到。

生命中，有一段屬於自己的黑暗、隱匿或者保留，可說是精神世界某些面向發展時非經驗不可的，有些事物與情境，只有在特定時刻才容許被打開。我們的日常太過強調用理性來溝通，這麼做其實太倚重自我（ego）了，多讀幾個神話或童話，我們就會知道有些事情必須發生在黑暗中，而且必須要被保密。附著小鎖的日記本現在已經不太容易找到，買這種日記本的，多半是小朋友，表達的就是一種內在的東西要鎖好、不可以隨便被他人打開的心情。有一陣子，

我的工作室裡保管了許多個案覺得不管放在哪裡都不安全的信件、書寫，就算成年人也會有這樣的不安，如果沒有分析師的工作室可以暫時安頓，有些人會把這些物件放進後車廂，不管到哪裡都帶著，這就是心靈的安全空間。允許自己有個這樣黑暗的、祕密的、被守護的空間，是孕育所需要的，也正是萵苣姑娘在祕密關係裡經驗的事情。當然，我們的心靈不可能永遠停留在這個階段、在黑暗裡滯留，如果不再發展，意味著女性內在創造力的停滯，自我意識的狀態遲遲不發展，也有必須承擔的後果。

懲罰帶來啟蒙

　　女巫怎麼發現女孩與王子的祕密？〈萵苣姑娘〉許多個版本之一是萵苣拉女巫上塔時說溜嘴：「媽媽怎麼這麼重啊？王子拉起來輕多了。」另外一個是萵苣對女巫說：「為什麼我的衣服變得這麼緊？」女巫立刻察覺女孩嘗了禁果已經懷有身孕，大怒之下，剪斷她一頭長髮，把她丟出塔外。

　　神話也好，童話也好，錯是註定要犯的。賽姬非在夜裡偷看愛洛思不可，萵苣姑娘也非白目的說錯話不可。先被剪斷頭髮，然後被丟出高塔，看起來是懲罰，但是剪斷與丟出這兩個動作，具有與過往切斷、往未來拋擲的象徵意義。剪斷長髮，剪斷了一個少女的天真與無知，從此必須張開眼睛

看清現實世界；離開高塔，固然是離開了監視與囚禁，但同時也脫開保護，從此必須自己面對所有的困難。

萵苣失去了美麗的長髮，從一個完全不用負責任、只顧著夜夜遊戲玩耍的女孩，被丟進艱困如沙漠的真實女性處境，生了兩個孩子、成為母親，負起責任、奮力存活與發展，這些全都發生在被丟出高塔之後，所以女巫的懲罰，就是萵苣的啟蒙。被女巫盛怒所牽連的王子，在這個點上，也被迫離開每天晚上幽會、唱歌、跳舞的美好日子，被迫離開萵苣，走上自己的發展道路。

王子從高塔墜落，被荊棘刺瞎了雙眼，代表他之後所看見的不再是外在的世界，他得打開自己裡面，開始看見內在的世界。雖然這個童話並非一個王子的故事，但我們還是可以從王子的迷失、遊蕩與悲傷看見成長需要的過程——他終於從男孩蛻變為男人、開始尋找自己的妻子與孩子。漫遊在森林、村莊與田野之間，不見得一定能找到他要的目標，但可以確知自己再也不能留在原先的生活、原先的信仰或者過去認定的價值裡了。在自性化的發展道路上，我們必須出走，斷開既存的生活軌道，偏離已知的康莊大道。

而王子的妻子、童話的主角，此刻在沙漠裡成為了短髮的萵苣，就如同真實世界裡女性也經常不自覺以髮型改變做為跨越人生重要階段的象徵。孤獨與乾枯的沙漠提出挑戰，萵苣在這個完全不能長出東西的所在，獨自順利生下兩個孩

子，經驗了完整的內在歷程、通過了心靈的挑戰以後，分裂的女性內在終於可以合一、可以生產跟創造，內在的陰與陽也終於可以合一，可以生產跟創造。

第四章

打開禁忌的房間：
費切爾鳥

認識阿尼姆斯

　　榮格認為心靈即是能量，在眾多重要的心理原型所代表的能量型態中，阿尼瑪與阿尼姆斯無疑是最重要的，阿尼瑪代表男性內在的陰性能量，而阿尼姆斯則代表女性內在的陽性能量。

　　艾利克・諾伊曼定義心靈中的女性／陰性原型為：自我涵容，物質的，包圍，靜止的。男性／陽性原型的特質則是主動的，侵入的，他推動意識的發展，使個體脫離精神母親的臍帶。這種動能是心智的，關乎啟動我們的智力，靈性及意志。心靈中有關意識自我的功能，一般定義為陽性功能，因為生命早期的混沌經驗是籠罩在母性／陰性統轄範疇，而父性／陽性經驗的啟動則是較晚才開始的，所以潛意識被歸為陰性領域，而意識被歸在陽性領域。在心理發展上，陽性功能所代表的主動性，包含了心智與意志的發展，諾伊曼認為意識的開啟，是從「否認」的表達開始的，代表個體脫離與「原初的母權世界」的認同。也就是當孩子開始可以說「不」時，代表他的自我意識開始萌發，啟動了「人我之間」的區分，母子之間的區分，同時這也是心靈中對立與分裂產生的階段。陽性動能的啟動，就代表了在母胎裡的安全穩固將要面對改變，為個體帶來的正向面是新的可能與創造性的成長，而其負向面則是有失控的、強迫性與毀滅的危險。

　　陽性原型既與意識自我及其功能有關，因此發展也跟意識自我的發展相同。依據榮格的定義，體現在意識的陽性功能，在身體上的是力量與行動，在精神上的則是言語與意志，另一個面向則展現在技術上鍛鍊的成就。伊瑪・榮格（Emma Jung）與榮格都曾提出女性內在的男性原型阿尼姆斯的多重性，當時他們的解釋是現實世界中的男性有多種專業面貌，所以女性內在的男性也有多種面貌，但芭芭拉・格林菲（Barbara Greenfield）則認為這個多重性是由於阿尼姆斯就像自我的發展一樣，有不同的發展階段的緣故。芭芭拉研究神話與電影中出現的典型人物，將阿尼姆斯的發展階段區分為：發展較初期的男孩、唐璜、魔法師，以及發展較後期的英雄、父親以及智慧老人。她認為其中以魔法師和父親原型，對女性的人格轉化最為關鍵。父親是保護者，他代表秩序，制定律法，但這個原型可能因為權力過大，過於嚴苛掌控而壓抑了個體發展的自由；魔法師則是打破舊的律法規則，使個體得以自由，他依循本能渴望行事，但他可能是個小偷、騙子或是誘惑者，完全不可信任。

　　在父權社會的性別刻板環境下，女性的陽性面向常以投射的方式存在，一面尋找現實中的完美父親或是如同父親一樣可以依靠的丈夫，另一面則期許自己可以扮演完美的女兒與妻子。這樣的成長目標被社會主流價值所支持，傳統女性也被鼓勵往這樣的方向發展，如同裹小腳一樣，忍痛把個人

性彎曲隱藏起來。但榮格認為完美投射所產生依賴與共生的問題，使女性看似處在美好幸福的生活裡，身心卻飽受焦慮所苦，因為自性化的發展需求與原型的集體化特質基本上是對立的。

另一個值得關注的現代女性議題，則是女性自我中陽性能量過分強大的問題，馮・法蘭茲將這種情形稱為阿尼姆斯附身（animus posession），也就是我們常說的，未活出來的自己會在潛意識裡作怪，沒有被允許發展的陽性能量，以一種粗糙的方式竄出。被激活的阿尼姆斯吸取了意識的能量，佔據了人格的主導地位時，女性的面向會被壓制性地推到幕後，外表看似強悍的女性很容易產生憂鬱與不滿足感。這時阿尼姆斯會以一種集體性的、道德性的僵化價值要求個體順從，彷彿內心有個聲音不斷告訴你：「你應該怎麼做……」，如果你不符合那個標準，內在聲音就會攻擊你：「你不夠！你不行！」除了自我貶抑與自我傷害，這個態度也同時會被投射到外界，使被附身的女性，表現出強悍冷酷，要求嚴苛且不通人情，如果她是個擁有權力的女性，藉著權力加持，她可能比一般男性更讓人更害怕，難以親近。

凱瑟琳・艾斯波（Kathrin Asper）研究阿尼姆斯對女性人格的影響，特別是阿尼姆斯的攻擊性如何傷害他人，如何傷害女性自身。她說女性之所以憂鬱，常常是來自於內在的自我攻擊，特別是阿尼姆斯對自己的攻擊，以一種否定自

己形式的出現，貶抑自我的成就。另外一種阿尼姆斯所造成的影響，是讓女性變得高度的自我防衛（defensive），會有個內在聲音說：「不是我、不是我的事情！與我無關！」把事情推開來。這樣的自我防衛裡其實藏有很大的怨恨，連結到這個孩子跟母親的關係，這樣的母親通常有很強的負向性，使得母親跟孩子之間的愛的連結，沒有辦法傳遞下去，於是她的孩子就會發展出一種存活的方式，就是要生存就要變得強大，而這種信念成為一個人合理的態度，會在學業、事業的成功上呈現出來，堅強壯大變得是絕對的必要，同時卻在人際關係上表現出冷淡、疏離、不參與。

　　負向的陽性特質未必直接跟父親有關，有時孩子會受到媽媽身上陽性特質的影響。當母親自己的心靈能量是以陽性的阿尼姆斯主導，生理的母親在親子關係上更像一個嚴厲的父親，這樣的親子關係所發生的問題，將是母親沒有辦法傳遞情感的經驗，母親的愛以極嚴苛的高期待呈現，她的孩子就會經驗到媽媽內在的負向陽性原則。這是典型「望子成龍，望女成鳳」的母親會有的狀況，大量陽性的能量，被母親投射到孩子身上。

　　現代社會女性掌權的機會愈來愈多，女性發展自我的時候，對自身男性特質的認識也越顯重要。這一章我們要藉由童話探討女性內在負向陽性原則的議題。故事是格林童話當中一個血腥暴力的故事〈費切爾鳥〉。

費切爾鳥

第四章　打開禁忌的房間：費切爾鳥

　　很久很久以前，有一個巫師，他常常把自己
變成很窮的乞丐，跑到村莊裡面到處去乞討。如
果碰到漂亮的小女孩，他就會把小女孩抓走，沒
有人知道他把小女孩抓到哪裡，因為碰到巫師的
那些女孩從來沒有回來過。

　　有一天，他到一戶人家的門口乞討。這家人
有三個漂亮的姑娘。這個巫師背著一個很大的袋
子，像是準備裝人們施捨的東西用的，他的樣子
活像個身體虛弱、令人憐憫的乞丐。他拜託那家
人給他點吃的，於是大女兒走了出來，拿了一塊
麵包給他。巫師碰了這個女孩一下，女孩就不由
自主地跳進他的大袋子裡，然後巫師就邁著大步
回到森林裡面去。

　　回到住處，巫師把大袋子放下來。他的家裡
富麗堂皇，金銀珠寶、山珍海味應有盡有。這個
女孩享受了所有她能夠想像到的最好生活。巫師
對她說：「親愛的，妳想要什麼我都會給妳。」

— 123 —

　　過了幾天，巫師說：「我得出門幾天，妳必須一個人在家幾天。我會給妳一串鑰匙，每個房間妳都可以去，每個房間裡面的東西都是妳的。唯獨一個房間，就是這把小鑰匙能夠打開的房間，妳不能進去那個房間。如果妳進去的話，處罰就是死，會很痛苦地死去。」然後，巫師又拿出一顆蛋給大女兒，他接著說：「好好保管這顆蛋，不管妳到哪裡都要帶著這顆蛋，一直到我回來的時候再把蛋還給我。」

　　大女兒接過小鑰匙跟蛋，就開始開心的到每個房間裡面去玩，每個房間打開都金光閃閃的，女孩從沒見過這麼多的金銀珠寶。女孩每個房間都去過了，最後來到禁忌的房間前，她很想遵從巫師的提醒，不要去開那個門，但是她的好奇心實在太強烈了，她還是拿起小鑰匙打開房間的門。

　　她走進房間，發現裡面什麼都沒有，只有中間有個盆子，看到盆子裡面充滿了血，她嚇了一

大跳。血盆裡有許多手啊，腳啊，都是被剁開的女性肢體。她嚇壞了，看到這個血盆讓她太驚嚇了，女孩嚇得把蛋掉到血盆裡面去，她趕緊把蛋撈起，拼命地洗啊，但是無論她怎麼洗，蛋都洗不乾淨，充斥著血的痕跡。這個時候巫師回來了，他看到蛋上面有血漬，於是他知道發生的事情。他對大女兒說：「妳違反了我的規定，既然妳違背了我的意願，那我現在就要做一件事情違背妳的意願。」然後巫師就把她拖進那個房間，把大女兒剁碎了，放進血盆裡面。

再一次，巫師又到了那個村莊，又變成好可憐的老乞丐，遇到二女兒，二女兒覺得他好可憐啊，於是拿了一塊麵包想要給老乞丐。他一樣的又碰了二女兒一下，二女兒就不由自主跳進袋子裡。同樣的事情再度發生，巫師又拿出一串鑰匙和一顆蛋，二女兒一樣沒有辦法抗拒誘惑進到那個房間裡面，巫師又發現了蛋上有血的痕跡，二女兒也被剁碎了放進血盆裡面去。

　　當巫師第三次來到這個可憐的家庭，三女兒是個很聰明、很慧黠的女孩，她也一樣不由自主跳進巫師的袋子裡面，被帶回到巫師的家裡去，巫師同樣的給了她一串鑰匙和一顆蛋。當巫師一離開，她很想把每個房間都打開的時候，她想了想，決定不要遵照巫師的意思。她先把蛋放在安全的地方，不隨身帶著這個蛋，然後她開始一個房間、一個房間打開進去玩，一直到最後那個禁忌的房間，她也打開了那扇門，她看到她的兩個姊姊被支解的身體，屍塊有些在盆子裡，有些散落在地上。她趕緊把所有屍塊收集起來，分別放在一起。當她把兩個姊姊的屍體拼湊好了，她們的身體就突然的合在一起，兩個姊姊的眼睛就睜開，活了過來。她們興高采烈地互相親吻、互相安慰，三個姊妹可以在一起，妹妹救了她們。

　　這時候聽到巫師回來的聲音，三女兒趕緊出來迎接，巫師檢查那顆蛋，發現沒有任何瑕疵，沒有任何血漬。他說：「妳通過考驗了，從此以

後我再也沒有能夠影響妳的魔力。妳可以要求我
做任何你想要的事情，我只能服從。」她說：「好
啊，我想要一個盛大的婚禮。所以我會打掃這個
屋子，而你呢，你要揹一整包的黃金到我爸爸媽
媽家，當作你迎娶我的嫁妝。」巫師說：「沒問題！

我一定會服從妳說的話。」

　　妹妹就趕緊跑到房間裡，跟姊姊們說這個好機會，於是她把姊姊們裝進大袋子裡，在上面鋪滿了金子，讓魔法師看不出來。她對巫師說：「你就揹著這個袋子去，你要趕快去，我會在閣樓最高的窗子那裡看著你。如果你停下來我就會催促你。」巫師說：「沒問題，我一定會盡快去。」他就把袋子揹起來，袋子非常非常重，巫師走了一段路，他就累到坐下來休息，他一休息就會聽到有聲音說：「我在小窗戶上看到你坐下來休息了喔！趕快起來，趕快。」於是他就趕快起來走。然後走了一會兒，他又坐下來，袋子裡面的姊姊又說話：「你又停下來了喔！我在小窗子裡看到你了。趕快起來！」巫師三番兩次都聽到催促的聲音，所以他只好賣了老命，汗流浹背地儘快來到未來妻子的家門，把這些黃金給了女兒的父母親。

在此同時，三女兒把房子打掃乾淨，並找到了房子裡面唯一的骷髏頭，他用鮮花裝飾這個骷髏頭，把它放到房子最頂端的閣樓窗子前面。然後她把自己的衣服脫光，跳進去一個裝滿蜂蜜的桶子裡，把自己全身沾滿蜂蜜，把羽絨被劃開並跳進去裡面翻滾，讓自己身上沾滿了羽絨，女孩看起來變成了一隻奇異的鳥。

然後女孩跑出巫師的家，路上碰到了要來參加巫師婚禮的朋友，這些巫師朋友說：「哎呀，你這隻費切爾鳥，你怎麼會在這裡呢？」女孩就說：「我是從附近的費切爾的家來的。」他們說：「那新娘現在在做什麼呢？」她說：「啊，她應該已經把房子都打掃乾淨了，現在應該在閣樓上看著。」他們看到閣樓窗戶的骷髏頭，以為是新娘子，就趕緊往巫師的家走去。

接著，女孩在路上碰到了巫師，巫師問：「費切爾鳥，你怎麼會在這裡？」女孩回答：「我從

附近的費切爾的家過來。」巫師說：「那你有沒有看到新娘在做什麼？」她說：「新娘已經把房子都打掃得很乾淨，現在應該正在窗子邊往外看呢。」這個巫師新郎很開心，看向閣樓，果然看到一張臉在窗邊微笑，以為是新娘子，便很親熱地跟她打招呼，儘快地趕回家裡。

這個時候，回到家裡面的兩個姊姊，已經跟家裡人說了發生的事情，召集所有的兄弟與親戚，要來解救自己的小妹。當巫師跟他的朋友們進了這個房子，兄弟與親戚也趕到了，他們把每一個門窗都鎖了起來，讓裡面的人不能出來。然後放了一把火，把房子裡面的巫師和巫師的朋友全部燒死在裡面。從此以後，這家人就從此過著幸福快樂的日子。

直視死亡與強暴

　　這是一個關於男性暴力殺害女性的故事，詮釋這個故事有個特別的困境，因爲它太靠近現實世界裡的社會新聞了，以致我們需要花一些力氣，來區辨我們對這個故事的理解不是僅止於對應現實世界的經驗，而是能夠看到它所描述的心靈象徵。

　　這個故事裡不只有殺害女性的主題，也同時與強暴和禁錮有關。這個類型的故事在西方已形成精細的傳統，歐洲各地都有類似的童話故事在描繪這個可怕的議題。2016 年獲獎無數的電影《不存在的房間》（*Room*），描述的就是關於女性在無知的狀態下被禁錮的可怕故事。而小說則以法國詩人所創作的故事《藍鬍子》（*Barbe-Bleue*）作爲代表，「藍鬍子」這個詞也已經代表暴力誘殺女人的男子，象徵著冷血的男性會引誘無知女性，再以她們無法抗拒的暴力殺害。格林童話裡相似的故事則有〈強盜的妻子〉，描述女性接連被誘殺，而這些故事的最後，通常是一個聰明的女孩，發現了這件可怕的事實，然後逃出來解決了這個困境。

　　這不只是個常見的心理議題，也在現實裡屢見不鮮。在美國加州，《被偷走的人生》（*A Stolen Life: a memir*）自傳的作者，傑西‧杜嘉（Jaycee Dugard）在上學途中被男子綁架，十八年裡被囚禁在倉庫，淪爲性奴隸並生下兩個女

兒。在奧地利，女兒被父親囚禁在地牢二十四年，受到虐待與亂倫強暴，懷孕數次並生下七名子女。這些殘忍的事件非常真實地存在於生活中。但在這裡我們講的不是社會案件，而是象徵世界裡暴力的發生，以探討人類集體心靈中女性被男性暴力肢解的現象。

涉世未深的心靈

從榮格心理學的觀點來看，童話故事多半都是在訴說一個心靈從部份到整全的發展過程，也就是個人的整合歷程，只是每個故事遭遇的困境不同。這個故事處理的核心議題，是關於男性與女性的關係。巫師可以視為心靈裡負向的阿尼姆斯，年輕的女孩代表年輕的女性心靈，涉世未深、對於人性黑暗面的理解近乎無知。女性心靈該如何面對邪惡的、負向阿尼姆斯的迫害呢？透過探討〈費切爾鳥〉的象徵意涵，可以讓我們更了解女性心靈的危險角落。

故事裡有許多值得探討的原型主題。第一個是關於「切割女性身體」的原型，故事中有許多女人被肢解，主角的兩個姊姊也被切割成血淋淋的屍塊，丟到盆子裡。我們要從故事探討心靈的世界，所以這個切割的肢體，象徵的也就是被切開、割裂的心靈。第二個是關於「誘拐」的原型，天真無邪的少女被各種誘拐的手法，帶到危險的境界。第三個是有

關於「禁閉」的原型，禁閉的房間、地窖或者密室，這樣的意象被電影《不存在的房間》很貼切地呈現出來。禁閉的故事裡，出現的角色總是黑暗的年長男性與年輕的女性，這在心理意涵上是有意義的，女性通常都是年輕的或者新婚的少女，有著涉世未深的天真與愚蠢，容易被誘拐與摧殘。最後一個是有關於「拯救」的原型，由最小的妹妹把兩個姊姊拯救出來，指出了一種新的能力與智慧，方可解決古老的女性困境。

關於禁忌

　　〈費切爾鳥〉這個故事有另外一個名字：禁忌的房間（Forbidden Room）。許多人在夢中或許曾見過這類似的意象：房間、浸滿血的澡盆、屍體或是屍塊。禁忌的房間未必會出現以上的意象，但一定會有一個訊息告訴你「不要進去！」，但人們偏偏就是會進去，進去了以後，一定再有訊息會告訴你「千萬不要這麼做！」但人們當然還是會做。

　　對禁忌感到好奇的不只有女性，有些以男性為主角的故事裡，也會出現類似的情節。在〈樹上的公主〉的故事中，公主跟男孩過著幸福的日子，她對男孩只有一個要求：「你千萬不要進去那個房間。」但是公主不在的時候，男孩還是打開了房間，看到一隻渡鴉，翅膀被撐開來，被三根釘子釘

在牆上，渡鴉哀求說：「我很渴，請給我水喝吧。」男孩心生憐憫之情，餵渡鴉喝水，每餵一滴水就掉下一根釘子，兩滴水就掉下兩個釘子，第三滴水就讓三根釘子都離開渡鴉的身體，渡鴉變回壞魔法師，然後展翅逃離監禁他的房間。公主對男孩說：「你不該這樣做，現在我也只好離開了。」

這就是禁忌房間很典型的情節：房間裡藏著祕密，禁止進入。人一旦進去就打破了禁忌，會因此打開另外一個世界。當故事裡的人已經擁有豐厚的金銀財寶，為什麼還要開門呢？故事要告訴我們的是：只有開了那扇門，這條路才能往下走。對於禁忌的好奇，就是生命企圖完整所引發的力量，催促著自己採取冒險的行動。

禁忌的象徵，可以是禁止進入的房間，也可以是不被允許吃的食物。人類史上最有名的禁忌食物可能是蘋果，舊約聖經裡亞當與夏娃吃了禁忌得蘋果，才有了人類的誕生。日本動畫《神隱少女》（千と千尋の神隱し）當中，少女的父母親吃了招待神明的食物，被懲罰變成了豬。禁忌通常以食物或者房間作為象徵物，禁忌代表著壓抑，告訴人們不可以去看、去接觸，因為裡面的東西是意識不願意接觸的。一旦碰觸了，就如同打開了潘朵拉的盒子，被意識排斥、抗拒的東西會從潛意識裡釋放出來，具有危險性，但是要走向自我完成的歷程，我們卻需要去面對這個禁忌之物。

在〈費切爾鳥〉故事裡的禁忌，是有關女性如何面對

有關被誘騙、肢解、謀殺和死亡如此血淋淋的事件。這是一個關於女性意識的發展與完整化的故事，我們從故事走進另一個世界，看見女性的精神意識如何地被肢解，如何地被謀殺。

被巨大魔力吞噬

想偵辦一椿精心布局的謀殺案，首要目標是要找到犯人。在這個故事中，唯一能夠謀殺人的只有巫師（Sorcerer），在古老的故事中，巫師擁有神奇的能力，甚至可以操控別人，個性往往陰鬱古怪讓人害怕，具有負向原型的意涵。然而在現代的故事，例如小說《哈利波特》（Harry Potter）中，神祕世界被揭開，巫師角色重新被召喚回來時，賦予了更多的正向性。我們可以看到，同一個原型，會隨著時代的演進，同時擁有正向和負向的詮釋方式。

在〈費切爾鳥〉故事中，男巫師所代表的負向的阿尼姆斯，也就是在精神世界裡，不斷攻擊、批評、禁錮我們的聲音，它會切割、砍殺、剁碎女性的精神發展，展開一場女性內在的謀殺。這場內在的謀殺是如何發生的？在女性的精神世界裡，有一些人的阿尼姆斯會與外在集體的男性價值相連結，化作一根粗大的棒子攻擊女性的自信心，每當負向阿尼姆斯的大棒子用力敲下，女性的內在就響起一個貶抑自己的

強烈聲音和訊號，它大聲責備：「妳不夠用心！」、「妳不夠堅持！」、「已經不聰明了還這麼不努力！」。我曾聽過一位女性因為無法在計畫的時間內完成論文，陷入憂鬱，她常對自己的評論是：「為什麼別人在寫論文期間一邊工作一邊把學位完成，還生了個孩子，為什麼我做不到？」、「我太弱了。」當這種貶抑的語言不斷出現在心中，也就是所謂的負向阿尼姆斯，內在嚴厲的男性原則在不斷地砍殺自己。久而久之，女性就不自主地接受了這樣的訊息，女性自我（feminine ego）會如此評價自己：「對啊，我就是懶！我實在是不聰明，我就是不可能！我不足！我不夠！」。

當女性內在的自我毫無懷疑地全盤接受這些聲音，就提供了他人對自己貶抑的機會，每當有人批評自己的時候，她的內在就會認同這樣的負向訊息：「果然！大家也覺得我很差！」這是女性內在的巫師，它會讓女性覺得不足、沒有自信，處在空洞匱乏的狀態裡。許多女性因為自己的低自尊，而能夠深切的同理他人的缺乏自信，也容易看到他人的需要，成為很溫暖、很慷慨的供應者。一如故事中的巫師總是以可憐的乞討者形象出現，一個乞討食物的陌生人引動了許多內在缺乏的女性，藉著填充他人的空洞，換取自己短暫的飽滿，即使這會讓自己陷入困局與險境，仍樂此不疲。

習於自我否定的女性，在面對正向的訊息像是肯定或讚美時，常常會視而不見，完全將之刪除在記憶之外，因為這

與內在自我習慣的批判太過背離，讓人產生混亂和疑問而無法接受，結果看似正向的、肯定的回饋，卻比令人沮喪的批評更讓人不舒服。我最常聽到這樣的女性給我的反應就是：「你會這樣講，只是因為你們是讀心理的、你是分析師，當然會這樣說。」內在嚴苛的阿尼姆斯牢牢的把自我綑綁，使得自我無法從外在得到正向的回饋，改變自我的狀態。

〈費切爾鳥〉故事的開場是一個巫師總是變成很窮的乞丐去乞討，在其他版本中，巫師變成小偷去偷拐搶騙，也就是指出了男性原則的壞和負面性。當善良無知的女孩一碰到乞丐，就會覺得：「他好可憐，我要照顧他！要照顧窮人！」這是個善良的舉動，但當她們一碰觸到巫師，他就把她吸進袋子裡，讓她消失再也無法被看見。這很像愛情，有一股巨大的魔力，把人吞噬進入另一個世界。接下來，我們可能會發現那是一個完全滿足自己所有需要的世界，一如故事裡巫師所說：「妳要什麼我都會給妳」，我們可能會相信「很棒耶，房子很漂亮、我要什麼就有什麼」而停留在那裡。這也正是這個故事的問題所在，當純粹的女性進到一個集體的陽性價值裡，相信只要嫁給有豪宅的男人，嫁給高富帥，就可以過著美好幸福的生活，當妳進到以陽性原則主導的世界、完全認可了陽性世界的價值，就如同妳接受男人給的名牌包、鑽戒、豪宅的時候，女性的自我幾乎就等於死去了。這樣的情節也出現在希臘神話，美麗少女賽姬與愛神丘比特的

愛情故事中。賽姬得到一切最好的生活，住在金碧輝煌的宮殿，享受著錦衣玉食的生活，可是她也同樣有個禁忌：不可以看到自己丈夫眞實的樣貌。

　　大多數的父母，不會刻意的把女兒推到危險的情境。對於男孩子，假如跌倒了也沒關係，再站起來走就好；但對於女孩子，總是傾向要疼愛保護，限制她們的冒險嘗試。然而這樣做就會發生故事裡的議題：女性因爲對於人性的黑暗完全不理解而陷入險境。但反過來說，這樣的黑暗，又是她們生命完整必然要面對的一環。父母總是希望女兒長得好，受好的教育，嫁給好人家，於是女兒就可以幸福地過完一生，這是存在於父母想像裡的世界。但是這樣的世界裡，所有黑暗都沒有被處理、被認識，就好像畫出一條保護線，就奢望能夠守住女兒待在光亮的一面，不讓黑暗過來，也不讓她掉下去。在這個故事，那些一直在光亮世界裡、對黑暗一無所知的女孩，無法避免掉下去的必然，但面對誘拐、謀殺的課題，最後還要能活著走出來，才是這故事會被一再傳講的原因。

生命的必要之惡

　　一場精心的謀殺案中找到了兇手，接下來我們最關心的就是受害者，爲什麼一個善良的女孩，會被邪惡的巫師盯上

呢？我們要來看巫師與少女的關係。從小就被保護得很好的女性，對於邪惡無所知覺，以至於落入惡質男性的掌握，在困境當中，少女必須一試再試，最後才能認識黑暗世界當中的規則，並且讓男性力量繳械為自己所用，如此才能完整了一個女性發展的全貌。所以，巫師的出現像是惡魔，但卻是生命中的必要之惡。

在這個故事當中，巫師總是以匱乏的狀態呈現，他需要乞討或偷竊、藉著擄獲年輕的女性，從她們身上得到短暫的滿足，這代表著他是無法自給自足的，雖然看似擁有很多東西，但這個陽性的存在是無法獨自成立的。巫師總是慷慨地提供女孩許多東西，可是也給她們試驗，一旦女孩通過考驗，巫師就失去力量，魔法就對她們失效。在潛意識的世界，並沒有人世間的道德區別，也沒有好壞的問題，生命中的惡、無知、空乏和索求都是相互依存、陪伴，相互乞討與餵養的，一如女孩與巫師兩者在心靈世界中相互依存一般。生命中經驗到的痛苦和挫敗，或許就像巫師對女孩子所施展的邪惡，是女性在生命發展當中必須經驗的。

當巫師站在乞討的位置，總是會引發女性善良的動力。就像負面的阿尼姆斯之所以能被滋養，其實是女性自身允許的。當負向阿尼姆斯一直發聲說：「你就是笨啊！」女性內在有個部份願意去接受，願意去承接、認同，這一段負向關係的連結就被建立了。女性自我餵養了惡意的負向內在男

性，容許和接受它持續地批判自己、否定自己、攻擊自己，並且會無意識的去攻擊別人。當一個人覺得自己永遠不好，也會使得身邊的人非常辛苦，無意地就對外在的人產出惡意的攻擊。

持續被餵養惡意的內在自我，一旦投射到現實世界，很容易會吸引到類似的人。例如被暴力對待的女性，有許多還是願意留在這樣的關係裡，好像能夠一直忍受這樣持續的精神和肉體虐待，或許旁人會不解，為何受虐的狀態可以持續下去？當排除了外在其他的種種原因之後，我們總是還要回到女性的內在心靈來思考：是否女性自身內在就有著一個巨大的、惡意的男性原則，與外在的惡質伴侶相呼應，聯手將自己囚禁在關係的密室裡？這個攜帶負向阿尼姆斯能量的人，不一定是生理上的男性，他／她可能是位極為強勢的主管、超級嚴厲的權威者，或是暴力的伴侶。可以確定的是，會有一個受傷的女性心靈，總是覺得自己不夠好，於是留在這個位置上，不斷接受負向阿尼姆斯的鞭笞與施虐。

果子尚未成熟

不斷出現在故事中的作案工具是一個大袋子，也可以稱作大背袋、大包袱。故事的開始，巫師拿著大袋子去擄獲少女；故事的結束，巫師還是揹著這個大袋子把黃金和少女送

回去。所以巫師揹著的大袋子，除了能把人吞噬以外，它還佔據了心靈的一部分。大袋子就象徵著被強大的陽性能量束縛，它會佔據你的內在，發出許多催促的聲音，若你沒有意識地順從著他的聲音去做，就會經驗到非常巨大的疲累。

陽性能量，可以視作行動、思辨、釐清脈絡、作出判斷的能力，透過切割來看見差別，來產生推動力，就像是拿著刀子或者斧頭，把亂七八糟的東西切開來、分清楚。而陰性的能量，是找到彼此之間的關連跟連結性，是產生流動性的能量。所以陽性與陰性能量有不同的質地，陽性能量若把情感性的流動切斷，就如同人跟人之間的情感流動停滯了，人會變得越來越孤立，這種僵滯的力道越來越強烈，就會使人產生焦慮，會覺得「要趕快、趕快、趕快，趕不上了，來不及了，完了完了。」巨大的陽性會使人長期焦慮，催促著人要加快速度。

然而，女性比較具有季節的性質，時機尚未成熟就是不行：懷孕期無法早早結束，就是需要十個月，就像果子時候到了才成熟。陰性質地是跟隨、等待、以事物本身的節奏去完成，而陽性質地則是用意志力去推動事情的發展。陰性和陽性各自主宰了一個世界。如果陽性能量轉變成負向性，攻擊女性的特質、生活規律和心靈發展，我們會覺得被催逼，對事情的完成與時間的進度感到焦慮，沒辦法跟人產生連結。當生活的規律變成了必須，為了完成事情而犧牲自己的

情感，而我們卻沒有質疑的時候，就如同深陷魔法師的袋子裡，失去與外界的連結，無力掙脫。

跨越生死的挑戰

在埃及神話中，宇宙的來源是一顆蛋。蛋的樣貌是很完整的，可以孵育出生命，代表孕育與創造的可能性，是宇宙開啓的象徵。也因爲蛋的形貌具有完整性，所以也是自性的象徵。西方的復活節（Easter），是象徵春天復活的節日，名字源自於最早期的古希臘的黎明女神厄俄斯（Eostre）。厄俄斯負責在每一年初，使全黑的世界，展露出第一道曙光，所以復活節的初始就是在慶祝每一年的寒冬退去，春天到來。人們會吃蛋，並讓孩子到院子裡找蛋，藉此來提醒自己，生命的死亡與再生都是新的開始。蛋代表著所有的可能性，所以有著開啓、完整、創造的象徵。

在故事中，巫師給了每個女孩一顆蛋，並且要求這些完全沒有意識地被無明世界所包裹的女孩，要好好的守護這個蛋，讓它不可以被沾染。由於巫師的要求，巫師和女孩就產生了相互依附的關係，巫師所擁有的攻擊與謀殺能量，有可能帶著這個女孩走向完整的路。若是女性沒有通過考驗，失去這顆蛋、弄破這顆蛋、或者沾染到血的時候，就代表她失去了自性，失去了找回完整自我的路，就會被黑暗的世界所

吞噬，沒有能力重新回到光亮處。所以巫師給的蛋，對於女性來說，是個極有意義的挑戰，每個女性都被賦予了這樣的挑戰，但故事裡大部分的女性都失敗了。

有些人可能會想：「若是不要去那個房間就好，這樣蛋就不會髒掉。」可是精神的發展不會如此，就是會有個禁忌的房間，女性必須打開它。當巫師把蛋交給女孩守護，代表著黑暗的陽性力量，要求女性去保護生命創造的來源，不可以讓它被污染。除此之外，巫師也給了女孩一把鑰匙，特別說這把鑰匙可能開啓那扇禁忌的門，但告誡女孩千萬不可以開！所以鑰匙與蛋，對於可望發展自己陽性能力的女性，都是一個心靈的挑戰。

所有想要成爲英雄的人都得面對生死的挑戰，都有殘忍的規則：你一開門就會死，或是開了門就會被處罰至死。所以這是攸關生與死、攸關能不能穿越死亡的挑戰。精神世界裡沒有死亡，所以這裡的死亡指的是破碎與結束。

開啟潛意識的鑰匙

鑰匙是個開門的工具，能夠開啓空間，開啓潛意識。許多人會夢到許多房間的夢，通常這代表著潛意識中各個不同的空間，這個房間裝著負向男性、那個房間是正向男性、另一個房間是負向女性等等。巫師給了女孩鑰匙，允許她去探

索每一個房間。當女孩拿到這把鑰匙，她不可能呆呆地抱著蛋，不去探索這座美麗的房子，因為精神世界裡就是會有動能，心靈的發展會促使我們去看見心靈的每一個角落。心靈的探索，就是要求我們打開眼前的每一扇門，去每一個地方看看。當門被鑰匙打開，房間裡的東西才能夠進入到意識，我們才能擁有並使用它。

房間裡就算有很多東西，但若門從來沒有被打開，門裡的東西沒有被認識、意識到，我們就沒有真正擁有過。所以門是一個決定點，它是決定我們是否要去擁有的關鍵。而這裡的課題就是：我準備好了嗎？過去那些被切碎身體的女性，代表她們還沒準備好就衝進去了，或者完全不自覺地就打開門了；她們並不知道那是什麼就走進去，所以失敗了。打開門也代表內在發展的歷程，要在準備好的時候才能開啟。在自我探索的歷程中，我們總是要提醒自己：不要太強逼自己，當自己內在有個「我不要！」的聲音時，聽從那個聲音是很重要的。

在內在發展的過程中，我們可能會經歷「走近又離開，又走近又離開」的歷程，來來回回好多次，這是心靈工作裡的反覆性。有時候在某個時刻，我們會覺得：「我懂了、我明白了」，但是過了兩三個禮拜後，可能又變得好像不是那麼清楚了。這種來回的感覺，就像是窺見門內的某部份，但又不是全然地看見，還有其他的部份等待打開。而在這個故

事裡的核心議題，是禁忌的房間，不是其他允許進入的房間，那些可以進去的房間，進去幾百次都沒有差別。這個禁忌的房間，點出了每個人生命當中，都有個最核心議題。每個人所擁有的房間各自不同，但唯一相同，就是必須要進到最重要、最具有挑戰性的房間裡，才能達到生命的完整性。

靈魂的斷裂

女孩進到房間裡，看見潔白的陶瓷澡盆，以及滿地汙穢的碎肉塊。我們很容易可以在腦海中出現如此的意象：血蔓延出澡盆和四處是被肢解的屍體，我們也可以說，真是很難再找到更殘忍的意象來描述生命完整性的斷裂。無論男性或女性，都有可能因為無法抗拒的暴力、傷害而在自己心靈裡產生了一種巨大的創傷，因而將自己生命的完整性給切割開來。

故事中巫師告訴女孩：你可以擁有全世界最好的東西，除了這個禁忌的房間。這就代表了生命的完整性被切割了，當我們完全服膺集體意識的價值的時候，我們就必須與個體中不適合集體價值的那塊分離。集體性與個人性雖然不是互斥的，但是兩者之間是有張力的。當人全然擁抱集體性、主流的價值，或者父母與權威的價值，就可能會發生自行截斷精神肢體的情況，或許沒有故事中這樣慘烈，但如果必須放

棄的部分是屬於自己極其核心的部分，個體或許會經驗到靈魂像是被攻擊、砍殺，如同精神上的死亡。這樣的人表面上生活看起來是沒問題的，但是在精神上已經被切割謀殺了。

柔軟流動的身段

　　即便這個謀殺是巨大的、難以逃脫的，但有個女孩成功活下來了。有趣的是，這是個不乖的、狡詐的女孩，巫師叫她好好保管著蛋，可是巫師一走，她就把蛋放好，到處去玩。她不像前面的女孩子那麼乖巧聽話，她狡猾又聰明。狡猾也可以視作創造力的展現，女孩想出許多好方法騙過巫師，例如她把自己變成鳥啊，用花裝飾骷髏頭啊，也把兩個姊姊裝在大袋子裡，要巫師帶回去給她的爸爸媽媽，她不停地使用屬於女性的聰明，善用創造力、偽裝、謊騙、變形來與負向男性過招，保護自己全身而退並拯救了姐姐。

　　若是男性的故事，英雄就會迎上前去進行硬碰硬的抗爭，但在這個屬於女性的故事，她使用欺瞞、狡詐、變形、偽裝的方法來讓人看不清楚。這是女性的方式和質地，她不直接去和陽性力量對抗，她不會直接上前去說：「你錯了！」而是閃躲掉攻擊，用柔的身段找到流動的能量，去穿過強大的攻擊和險境。一旦她通過測試和考驗，巫師的魔力對女孩就沒有效果、失去控制力了。反過來，女孩要巫師做什麼，

他都得去做。

　　受到負向阿尼姆斯影響，女性習慣性地自我貶抑，無法相信自己。然而，當女孩開始轉變，她會發現自己沒有那麼糟，不像別人講的那樣不好，這個時候負向的阿尼姆斯就開始失去力量。當女孩把鑰匙和無損的蛋交還給巫師時，她就通過了挑戰。女性的沒有自信，不是因為她從未完成過什麼，而是因為她太相信那個貶抑自己的力量了，而當她穿越了挑戰，決定不再相信那個聲音，離開聲音的來源，那個聲音就再也不能影響她了。

　　女性自我意念的翻轉，來自於我們開始辨識到負向阿尼姆斯的聲音，不管聲音來自內在或是外面，我們開始質疑它，發現自己過去太相信老師、父母、朋友，以及所謂的成功人士。每當看媒體報導有關成功人士的故事，總是讓人發出讚嘆：「這個人好厲害，怎麼能這麼棒！」那些報導裡充滿了男性標準，外在的價值會形塑我們內在的阿尼姆斯，就會開始想：「或許我必須要像那個樣子才是夠好的？」於是我們會質疑自己、貶抑自己，以至於不相信自己，也無法分辨和知道這其實是負向阿尼姆斯在說話。

　　但相反地，當我們開始質疑這樣的聲音，負向阿尼姆斯就失去力量了，因為我們開始聽懂它在說什麼。有時候來自朋友的提醒：「你怎麼總是這樣否定自己啊！」讓我們看到，原來負向阿尼姆斯在這裡，並且不停地說話。當我們意

識到並穿越它，它的力量就消失了，還能反過來讓它為你服務，為你所用。阿尼姆斯事實上是很有力量的，是幫助女性進入社會很重要的橋樑。榮格分析師芭芭拉・漢納（Barbara Hannah）認為，女性要進入現實社會是需要阿尼姆斯的幫助，它能夠幫助女性扮演好一個社會性的角色、成為自己想要被其他人認可的樣貌，只是我們要能意識到它的負向力量。

往完美的方向移動

故事中有三個姊妹，唯有最小的妹妹通過了考驗。三個姊妹，我們可以視為同一個人的不同部份，數字三就是多的意思，多到不用再算了。三也代表重複，例如我們常會在拍照按快門之前說：「1、2、3……，1、2、3……」三是可以不斷重複的，很像是走出去、再回來、然後再繼續走出去；三也有一個移動的意涵，3 接下來就是 4，榮格認為 4 是神聖的數字，代表著完整，例如東南西北就形成了完整的方位。所以故事的結束是完整的、代表著完美的，三姊妹的 3 代表著女性能量朝向完美的方向移動的動能。三姊妹試了一次又一次，第三次終於完成了面對與克服女性心靈為負向阿尼姆斯謀殺的議題，達成讓女性意識完整的任務。

最後金子被揹回家，就象徵著女性成功了。因為金子的

意象，是珍貴的物質，代表神性自我。故事中的大袋子，原本是用來吞噬女孩的，到了最後卻是用來運送女孩回家，而且運送她們回家的時候，她們已經可以發聲：「不要停！」。當女性的聲音可以發出來，代表她們已經找到自信，已經可以行動了，代表著有個清晰的我，跟真我連結在一起。女性不需要是個完美的人，只要知道自己的強處，運用自己的分辨和邏輯，產生行動力、發揮能力和智慧，於是就可以發出聲音。

純白的費切爾鳥

童話詮釋裡有個重要的原則，就是我們會注意到故事的名字，為什麼故事被稱作為費切爾鳥（Fitcher's Bird）呢？格林童話的作者格林兄弟有特別註解，費切爾鳥是來自於冰島的鳥，羽毛是白色的，純白的程度幾乎跟天鵝一樣，所以費切爾鳥有著白色、羽毛、水、鳥的象徵意涵。而在故事的尾聲，女孩自己跳進蜂蜜罐，將自己沾滿羽毛，扮成一隻鳥。

在古老的歐洲有種傳統的處罰，當女性被抓到有姦情的時候，會把她衣服脫光放進瀝青當中，並沾滿羽毛，為的是要以扒光示眾來懲罰她，但又不要太曝露。而這個故事的情節和這個傳統處罰非常相似，然而不同的是，女孩在桶子裡沾滿金黃的蜂蜜，而不是黑色的瀝青。而且這裡有個女性

的反轉，蜂蜜是女性加諸在自己身上的，代表外遇與姦情象徵的其實是女性情慾的發展。在過去很長的時間裡，情慾是被父性價值所規範、限制、不被允許的，但在這個故事裡被悄悄翻轉了，女性不再遵從男性的規範，而是主動去跳進桶子，自己去沾滿蜜糖。情慾的象徵從瀝青那個黑色的、惡臭黏膩的，變成金黃色的、香甜的蜜糖。女性身上沾滿象徵情慾的蜜糖，於是她能夠變裝，用女性的智慧去面對黑暗的攻擊，也就能夠化身為美麗的鳥，白色的費切爾鳥。

〈費切爾鳥〉帶著我們看見女性轉化的歷程。本來女孩沒有名字，她出身於無名的家庭，只是個普通的女孩不是公主。但當她穿越黑暗，發展自己的情慾，透過轉化變成美麗的白色水鳥，這裡的純白擁有非常超越的意象。女性的轉化，是穿過如血盆般可怕的謀殺而來，歷經黑暗後歸來的女性，長出了屬於自己的智慧與力量。

第五章

荊棘開出玫瑰花：
睡美人

超越時間直指深處

　　《烏托邦》（*Utopia*）作者湯瑪斯・摩爾（Sir Thomas More）曾說：「透過故事循環，反覆咀嚼經驗，在不斷的講述中，發現更深層的含義。講故事是陶冶心靈的好方式，幫助我們發現生活中循環出現的主題──那些深刻的、揭露人生迷思的主題。」童話是既收藏又展現人類心靈發展歷史豐富面向的載體，流傳久遠、充滿著象徵的故事不僅牽引我們經驗和穿越一個個險境、神祕難測的深林、水域、高山，遇見不可思議的動物、自然與精靈，以及遭遇隨時可能翻轉的驚人情節，故事也能帶著我們深刻領會時間與集體的傳承。

　　集體無意識是人類文明與自然環境的總和，這個總和並非一蹴而成，而是經由時間之河的沖刷，過往的人事物不斷地堆疊出一層又一層的集體記憶，心靈深處就是祖先之地，其中有著榮格學派看重的歷史與傳承。當我們面對時間所沖刷出的刻痕與其所代表的「當世」形成連結之後，我們可能會感受到一種超越的經驗。比方說，走進博物館或美術館，我們可能會被一件存在了千百年的作品所吸引，凝視的瞬間，我們會感受到一種心靈的同在與無時間差的永恆。自我被集體無意識所捕獲，捲入一個洪流般的傳承裡，感受到與之一體、與所有人類加總的生命經驗共振。這經驗會讓我們

深刻明白，時間並非線性的存在，日出日落、春去秋來，無盡循環的永恆同在，才是心靈的真實。

〈睡美人〉是一個非常古老的故事典型，早在第十世紀就有口傳版本，1300 年前後出現法文版，1528 年出現紙本版。鍵入「睡美人」這三個字，可以在網路上找到無數語言與各種情節。1636 年的義大利文版和 1697 年的法文版，是我們現今耳熟能詳版本的源頭。這個章節使用的是刪減改寫過的版本，被收錄於《格林童話》第六版的〈小荊棘玫瑰姑娘〉。《格林童話》總共增修七次，多次修改是有原因的。格林兄弟起初並未料到這些童話會如此受歡迎，所以故事越收越多，從德語區擴大到非德語區，也越修越乾淨，以符合讀給小孩聽的標準。〈睡美人〉這三個字，從題目就可以推知這是個關於美人在睡覺的故事，但它在《格林童話》裡叫做〈小荊棘玫瑰姑娘〉，意味著故事還有另外一處重點，就是荊棘跟玫瑰。

睡　美　人

很久很久以前，國王和皇后一直沒有孩子，為此傷心苦惱。有一天，皇后在洗澡，一隻青蛙跳出水面對她說：「你的願望就要實現了，不久你就會生下一個女兒。」

過了一段時間，皇后果真生下非常漂亮的女兒。國王高興得不得了，舉行大型宴會，不僅邀請親朋好友和外賓，也決定把王國裡面所有的女巫師都邀來，讓她們為他的女兒送上善良美好的祝願。王國裡一共有十三位女巫師，但是他只有十二個金盤子可供用餐，所以他邀了十二位女巫師，留下一位沒有邀請。

盛大宴會結束之後，所有來賓都送給小公主最好的禮物。一位女巫師送給她美德，另一位送給她美貌，還有一位送給她富有……女巫師們把世人所希冀的、世上所有的優點和期盼都送給了小公主。但是，就在第十一位女巫師送上祝福之後，第十三位女巫師走了進來，她對於自己沒有

被邀請非常憤怒，打算獻上惡毒的咒語以為報復，所以她大聲喊叫：「國王的女兒，在十五歲時，會被一個紡錘弄傷，最後死去。」

在場的人都大吃一驚，這時，還沒有獻上禮物的第十二位女巫師走上前來說：「這個凶險的咒語確實會應驗，但是公主能夠化險為夷。她不會死去，但會昏睡，昏睡整整一百年。」

國王為了防止女兒遭到不幸，下命令沒收王國裡所有的紡錘，並下令悉數銷毀。隨著時光流逝，女巫師們的祝福都在公主身上應驗了：她聰明美麗、性格溫柔、舉止優雅、人見人愛。公主十五歲生日那天，國王和皇后都不在，公主一個人在皇宮裡走來走去，大房間小房間都玩完了，最後來到一座老舊的塔樓，塔樓裡有條蜿蜒而上的狹窄樓梯，樓梯盡頭有扇門，門上插著一把生鏽的鑰匙。公主伸手轉動那把鑰匙，門一下子就彈開了，裏面坐著一位正忙著紡紗的老太婆。公

主說：「老媽媽您好！您這在做什麼呀？」老太婆回答說：「紡紗呀。」

公主指著從來沒有看過的紡錘，「這小東西轉起來真有意思！」說著說著，公主也想上前紡紗，手才碰到紡錘，立即就倒在地上失去知覺，第十三位女巫師的咒語應驗了。

然而公主並沒有死，只是倒在那裡沉沉地睡著了。此時，從外面回來，剛走進大廳的國王和皇后也跟著睡著了；馬廄的馬、院子的狗、屋頂的鴿子、牆上的蒼蠅，也都跟著睡著了；甚至，火爐的火也停止燃燒，烤架上的肉也不再吱吱作響，廚師抓住一個做錯事僕役的頭髮，正要給他一耳光，叫他滾出去，連他們兩個也定在那兒睡著了。一切都動也不動，全部都沉沉睡去。

不久之後，皇宮四周長出了一道由荊棘組成的大籬笆，年復一年越長越高、越長越密，最後

第五章　荊棘開出玫瑰花：睡美人

竟將整座宮殿都完全覆蓋了。玫瑰公主的故事開始流傳，傳說中有位國王的女兒、漂亮的公主正在荊棘掩蓋之處沉睡，故事吸引了不少王子前來一探究竟，他們披荊斬棘，試圖穿越樹籬走進皇宮，但都沒有成功；他們不是被荊棘纏住，就是被樹叢絆倒，彷彿被無數隻手牢牢地抓住，完全無法脫身，最終痛苦地死去。

　　好多好多年過去，某天，又有王子來到這裡。一位老爺爺向他提起荊棘之內有座漂亮的皇宮，皇宮裡有位美麗的女孩，名字叫作玫瑰公主，她和整座皇宮都睡著了。老爺爺還說，他曾聽他的爺爺談起許多的王子都來過這兒，都想穿過樹籬，但都被纏住絆倒。聽到這裡，王子說：「這些都嚇不倒我，我要去看玫瑰公主！」老人勸他不要試，可他卻堅持要。

　　這天，恰好過了一百年，當王子來到樹叢時，他遇見的是不是荊棘，而是開滿花朵的灌木，輕

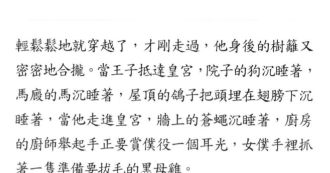

輕鬆鬆地就穿越了，才剛走過，他身後的樹籬又
密密地合攏。當王子抵達皇宮，院子的狗沉睡著，
馬廄的馬沉睡著，屋頂的鴿子把頭埋在翅膀下沉
睡著，當他走進皇宮，牆上的蒼蠅沉睡著，廚房
的廚師舉起手正要賞僕役一個耳光，女僕手裡抓
著一隻準備要拔毛的黑母雞。

　　王子繼續往前走，一切安靜得出奇，連自己
的呼吸聲都聽得到。最後，他來到古老的塔樓，
沿著樓梯往上走，推開了那扇門，看見玫瑰公主
睡得正香甜，那麼地美麗動人，王子瞪大眼睛，
眨也捨不得眨，看著看著，忍不住俯身吻了她。
就這一吻，公主醒過來，張開雙眼，微笑看著眼
前的王子，於是，王子抱著公主，一起走出塔樓。

　　就在此時，國王和皇后也醒過來了，皇宮裡
的一切都醒過來了。他們懷著好奇左瞧右瞧，搞
不清楚到底發生了什麼事。馬兒站起來，搖擺著
身體；狗兒蹦蹦跳跳，汪汪吠叫；鴿子把頭從翅

膀下抬起來，四處張望了一會兒，振翅飛向田野；牆上的蒼蠅，嗡嗡地飛開；爐子又竄出火苗，烤架上的肉吱吱作響；廚師怒打僕役一個耳光；女僕繼續拔雞毛，一切都恢復了往日的模樣。最後，王子和玫瑰公主舉行了盛大的結婚典禮，從此過著幸福快樂的生活，直到永遠。

公主徹夜未醒

雖然是童話，睡美人呼應了一個更古老的神話，有關女孩進入地底，於是地表萬物停止生長的故事。希臘神話裡，大地穀物之神狄米特（Demeter）之女波瑟芬妮（Persephone）被冥王擄到地底，遍尋不著女兒的母親傷心欲絕，使得穀物凋萎了無生機。後來，在眾神的協助之下，女兒波瑟芬妮終於可以離開地府，但就在離開之前，她被誘騙吃了七顆石榴子，於是一年之中必須回到地府三個月（亦有一說為六個月）。這是希臘神話中有關四季的由來，當女兒進入地底，是大地死寂的冬季，當女兒回到地上世界，媽媽開心極了，於是萬物也跟著春暖花開、欣欣向榮。

西方神話不乏這類把女性放入陰暗之處的情節，為了某些緣故，女性必須進入一種類似沉睡或死亡的狀態，然後又甦醒過來，在狄米特與波瑟芬妮的神話裡，如果沒有被冥王誘拐擄掠，波瑟芬妮永遠只能作為媽媽的女兒，一旦被抓到地底，成為地底國王的女人，也就變成了冥府之后。儘管母親對女兒的情慾發展極為抗拒，傷痛欲絕，可是年輕女性被男性誘拐卻是情慾爆發常見的一種隱喻，顯見這個進入地底的景象，在女性性能量的甦醒、開啟與掌握，是極有意義的關鍵。

我們的傳統裡也有女孩消失然後再出現的故事，明朝

湯顯祖筆下《牡丹亭》（又名《還魂記》）的主角杜麗娘就是一例。大家閨秀杜麗娘，在夢裡與美男子柳夢梅相遇並交歡，醒來以後，知道自己不久於人世，交代家人把自己埋在梅樹之下，等待柳夢梅的出現，後來杜麗娘死而復活，有情人終成眷屬。只是《牡丹亭》裡的杜麗娘的死亡、沉睡與進入地底是不一樣的指涉，它不是暗地的情慾發展而是將情慾封存，以死亡的方式在地底等待被喚醒。在中國文學裡指出傳統社會對自發的女性情感、慾望，彷彿必須以死亡，進入黑暗地底處理，年輕女性的春思是一種禁制，情慾必需被封存，進入沉睡，等候適當時機，再出土或甦醒，這與睡美人的故事有近似的母題，不管生命的慾力需要在暗處方能滋長如狄米特神話，或是需要被放入地底才能保存如牡丹亭，女性在發展情感慾望的歷程都可能經驗到死亡與等待重生的過程。

睡美人之所以能夠廣泛流傳，可能正是因為它觸碰了女性沉睡與甦醒的原型，這樣的「下降」意象，是另一種普遍的女性經驗，就是生命力停滯。有些女性在生活的各個層面完好的扮演了妻子、母親、員工的人格角色，可是卻覺得無法從那些傾其一生所付出的角色中得到成就感與滿足感，覺得生活沒有趣味，所以需要四處尋求新鮮感，旅行美食或許是最容易的，但是鮮活的感受稍縱即逝，憂鬱無趣則成了生活的主調，家人孩子常會覺得他們難以取悅。這其實也是女

性生命力沉睡的一種狀態，我們不禁要問，有多少以憂鬱病症為生活主調的女人，其實正是隱性的睡美人，她們活躍的生命被封在精神地底世界或是荊棘滿佈的城堡，或許這正是女性在世界各個國家都是罹患憂鬱症的主要患者的原因，因為女性集體的心靈仍未甦醒。

青蛙善於傳話

故事一開始，國王與皇后是一對好夫妻，可是沒有孩子，一直盼望著可以得到孩子。這個開場，指出了一個缺乏的狀態，一個需要經由等待與孕育才能創造出來的新生命，被賦予高度的期待。

在某些版本裡，是由魚來宣告小孩即將出生的消息，在《格林童話》裡擔任起這個任務的則是青蛙。青蛙是兩棲動物，可以在水裡，也可以在陸上。水經常被視為潛意識的象徵，剛開始接受心理分析的人，常常會夢到水，好比跳進水裡游泳，或者一波波的浪在眼前湧現，或者水一直湧上來漫過全身，象徵著潛意識的內容推擠著往意識靠近。

青蛙有生殖與性的象徵意涵，因為它產量豐富，一次可以下很多顆蛋；青蛙還善於變形，從小小的蝌蚪可以轉變為四隻腳的青蛙；青蛙的腳掌有點像小孩，象徵著人類意識尚未發展完成的狀態；在西方的故事，青蛙經常在女巫腳邊

跳來跳去，調配魔法的鍋子裡也總少不了一隻曬乾的青蛙，所以它也有邪惡的意涵，或者代表從潛意識冒出來的某樣東西。

作為陸地與水生的兩棲動物，青蛙代表了可以在兩種狀態裡來去自如的傳訊者，如同通訊官，所以在童話裡扮演撿金球，或者前來跟王子或公主報信的角色。〈睡美人〉故事裡的這隻青蛙，從潛意識裡捎給皇后一個訊息：「妳的願望就會實現了，不久妳就會生下一個女兒。」公主的誕生，可以被視為新的陰性質地被創造出來、被盛大歡迎。國王跟皇后是掌管王國的大老闆，代表著人內在心靈中掌握主控權的價值系統，「男性的」和「女性的」兩位老闆決定我們該過怎麼樣，並讓我們清楚知道什麼是對、錯，什麼是社會允許、他人贊成的行為與價值，國王與皇后，就是地面意識的兩位主宰，他們知道王位需要傳承，所以期待公主的誕生，她代表著一股新的陰性能量將要從人類集體無意識裡現身。

被忽略壓制的 13

歡樂開場，被期待的孩子如願誕生，也獲得禮物、祝福與讚美，但如果只是這樣，就無法成就一個好故事了。馮·法蘭茲提醒我們特別留意童話裡的數字，〈睡美人〉是一個 12 加 1 的故事。12 這個數字，讓人想起 12 個月、12 星座、

12 生肖，以及手錶或時鐘上時間的刻度。12 給人一種走完一圈的圓滿印象，一旦一切走完了且圓滿了，就沒有再前進的動力了，難免會感覺停滯，但是生命需要繼續前行、渴望傳承，所以需要來自 13 的動能，如果不是第 13 個女巫負氣出現，〈睡美人〉這個故事根本無法存在，那麼，這位要角 13 到底是誰？

在一切完美的世界裡，誰被我們忘記了、忽略了？跟其他女巫師同為智者與療癒者，為什麼第 13 位女巫師沒有得到同樣的重視，獲邀參加盛大慶典？在我們以為已經發展得很完整的女性內在，她代表了集體陰性心靈當中被屏棄的面向。

馮‧法蘭茲曾說，當故事裡某位神祇被遺忘，就代表個人或集體心靈的某個部份需要卻沒有被看到，我們不妨稱第 13 位女巫師代表的是「被遺忘的女神」。她是一股被集體人類心靈忽略或者被社會文化壓制的女性能量，因為我們總只把關注放在那 12 位女巫師身上，邀請她們、發展她們而遺漏了第 13 位的存在。我們可以說這個遺忘就如同傅柯所說的「文化規馴」，社會的權力結構對個體的塑型，12 位女巫師與被排除的那一位結合起來，就形成了父權社會對女性刻意的規範馴化，確立了何者納入何者排除。當第 13 位女巫所代表的能量被忽略被壓制達到一個程度，她會現出對壓抑的反撲與對抗，要求祭獻、要求被注意。

「你沒有邀請我，所以我要懲罰你！」第 13 位女巫師如是說。懲罰的方式是讓女孩碰到紡錘，然後受傷之後死去。紡錘這東西，長長的、尖尖的，一旦碰到會刺出血。在紡紗的過程裡，隨著線軸來來去去、進進出出的運動，它所代表的意象，很容易讓我們聯想到兩性交合，詛咒被設定在公主十五歲生日那天生效，十五歲的公主，正好進入青春期，月經來了，性交與懷孕變得可能，女孩進入成為女人的階段。出血與受驚，然後被放倒沉睡，就是第 13 位女巫師給予的懲罰。剛剛可以進入性與女人的階段，就被禁止、關閉與沉睡，這個故事的一種理解，是把這位被遺忘的女神當作被女性忽略的「身體與性」，所以〈睡美人〉不僅經常被榮格學派引用、也很受佛洛伊德學派喜愛。

阿尼姆斯附身

除了關注公主、關注女性的身體與性，我們可以把第 13 位女巫師看得再仔細些。她的內在狀態發生了什麼？為什麼要給出這樣的懲罰？從故事情節的發展路徑看來，這位女巫師，起初是因為被忽略、被排擠，變得失望，出於怨恨、感到苦楚，轉而憤怒，於是說出了咒語，我們幾乎可以感受到被壓制遺忘的情緒逐步在她的身體裡形成酸苦的情感。

馮‧法蘭茲曾提出一個觀念：當集體女性能量被壓制的

時候，個別女性也無法順利地發展成完整的女性。換言之，當女孩不被允許以活潑且流動的方式自然長成女人，這個理所當然、自然而然的路徑被壓制了，心靈裡原本該由陰性質地填滿之處出現了一個空洞，這個空洞會被其他的心靈能量侵佔。馮・法蘭茲認為，當女性自我被壓制，陽性能量就會趁虛而入，掌控原本該由陰性能量主導的女性自我樣貌，她把這個女性被男性能量佔據的現象稱為「阿尼姆斯附身」（animus possession），意指成年女性心靈裡，被壓倒性的陽性動能主導了她的思考與行動。這樣的心靈結構下發展出的成年女性人格，還是可以讀書、工作、做事，但是那裡面總是帶著一種酸苦的滋味。〈睡美人〉裡第 13 位負氣的女巫師，跟常見宮廷戲劇裡互鬥的後宮女性相同，她們的人格被黑暗的陽性能量所扭曲，以多年媳婦熬成婆的姿態，對年輕女性狂吼：「因為我被排擠，所以要懲罰你！」

女神的復仇多半像是大自然的反撲，有吞食的力量，宛如地震、土石流或者大海嘯。第 13 位女巫師酸苦到了極致，轉化為一種極為黑暗的吞噬：「你這樣忽略我，我一定要報復，我就是要你死！」童話提醒我們，集體心靈裡面就是有這些黑暗的存在、就是無可迴避，即使大家在一起日日是好日，這些被忽略壓制的勢力，還是會現身，以無可忽視的力量反撲。

既然無可迴避，就挺身相向吧，因為推動著〈睡美人〉

故事發展的，以及在我們真實人生催逼出新的可能性的，正
是生命裡的那些殘缺、痛苦與酸楚。

漫長沉睡宛如死亡

第 13 位女巫師發出的死咒太強大、太黑暗，無法取
消，只能轉成百年沉睡取代。希臘神話裡，死神桑納托斯
（Thanatos）是睡神許普諾斯（Hypnos）的兄弟，漫長的
沉睡宛如死亡，我們可以把故事裡的沉睡與死亡等同看待。

榮格學派分析童話的脈絡與夢的分析一樣，童話中每
個場景、人物與意象，都可以視為主體內在精神世界的某個
部分，所以當故事出現死亡，無論死的是主角本人或者其他
角色，其實都指向主體某個面向的死亡，只是角度或內涵不
同。〈睡美人〉故事裡的死亡與沉睡，彷彿提示我們，內在
心靈的某個部分被忽略或被壓制，被我們推擠到另外一個又
暗又深的世界裡去，如同死亡或沉睡了。這個推落、倒下與
埋藏發生在 15 歲，青春期，原本是生命力初發、萌芽、激
昂發展的時期，然而這個咒詛卻壓制了這個萌發，使它沉睡
或死亡。

青春期代表性能量的萌發，身形會改變、毛髮長出來、
月經初潮，加上紡錘的意象，我們可以解讀〈睡美人〉是一
個關於年輕女性正要自由發展陰性愛慾質地的時候，被一位

巨大、酸苦且長久以來被忽略的年長女性所壓制，進入停
滯，直到代表陽性能量的王子出現，才得以復甦的故事。

　　可以以此說明許多小女孩進入青春期的改變，曾經也跟
男同學一樣活潑好動，打球、跑跳、喊叫，充滿了活力與自
信，但是一旦進入青春期，突然就變得安靜，那些活潑的、
流動的、自發的特質消失了，她還是每天去上學，但是那個
主動迎向未知與興奮地投入世界的動能降低了，好像能量收
縮起來，人進入一個被動的狀態。

　　這個現象，跟青春期女孩對於自己迸發的愛慾本能
（Eros），和對這個洶湧力量的恐懼有關，愛慾不只是在關
係裡發生，也是一個自我發展與創造的能量，女性青春期的
自我發展在此達到一個關鍵點，集體性價值介入了女孩在自
我確立與被愛關係的衝突裡，而來自家庭、學校、媒體與社
會的教導訓誨也在推波助瀾，於是沉睡成為許多女性在青春
期抗拒內在迸發的應對方式，原本囂張的、突出的、大膽的，
慢慢變得安靜、沉默、隨和，讓男生往前排去，自己在後排
當個乖女孩跟乖學生就好。這樣的女性長大之後，也常會習
慣性地覺得應該幫助所愛的男人成功、發光，自己做副手就
好，會習慣性地說，「我不要！我不會！我沒有能力。」或
者「他比我適合！我可以幫他。」

　　在進入成年的那個時刻，女孩的部分自我進入了沉睡，
這是我們從童話故事裡可以得到的，關於女性自我發展停滯

的洞察。

刺

在人類歷史上紡織通常是屬於女性的工作，希臘神話中的命運三女神，一位紡紗，一位丈量，一位剪斷，在中國有牛郎織女的故事，在天界紡織也是女性的責任，台灣的排灣族織女們織出來的布巾，是用在迎接誕生、結婚歡慶和死亡葬禮三個最重要的生命節點上，女性與編織的關係至關重大，它不只是女性務實的功能，它也代表女性守護生命與靈魂發展的象徵。但是紡錘的尖銳卻有很強的男性意象，在編織的過程裡，具備陽具象徵意涵的紡錘，被用來穿梭與創造，是把線織成布的關鍵，也就是說，雖然是女性在紡織，象徵著女性的自我發展歷程，仍需結合陽性與陰性的元素才能完成。

紡錘的尖銳作為負向男性能量的象徵，傷害了好奇的年輕女孩，所有關於女孩的事物都進入沉睡，只有一樣東西猛烈的生長出來，這是取代原有的生命動能，另一個尖銳扎人的玫瑰之刺。玫瑰讓人聯想到愛情，西方有句形容愛情的俗諺「玫瑰必有刺」（No rose without thorns），刺，就是愛情必要的質地，有時候，男性被女性的質地刺到了，有時候，女性被男性的質地傷到了，情人之間的爭吵，就像有刺的玫

瑰，沒有刺的玫瑰就不像玫瑰、沒有傷的愛情就不是愛情。
〈睡美人〉裡的公主被封在玫瑰荊棘樹叢深處，這個意象，
在故事裡的重要性僅次於被輕忽壓制的女巫師。

　　被玫瑰荊棘團團圍繞的公主，究竟呈現什麼樣的女性質
地？我們有時會說：「這句話好刺人！」或者「這個人好多
刺喔。」有些人的性格，就像玫瑰荊棘，他們很敏感，甚至
自以為心思細膩，但那個過度敏感的性格經常帶給身邊的人
極大壓力，跟他們相處，必須戰戰兢兢、小心翼翼，因為害
怕無心的言語會傷到他們，而他們確實也很容易感覺受傷，
一旦受傷，就會升起如同玫瑰荊棘般的防護罩，充滿了攻擊
性。如果把這種互動發生在愛情關係裡，即便知道對方內在
是善良、美麗、溫柔，可是那些因為過度敏感而隨時可能被
撩起的攻擊性，終究還是讓人退避三舍，說出「這個關係就
算了吧，雖然她很美麗，但實在太敏感、心思太難懂，太難
取悅了。」之類的話。就像〈睡美人〉裡公主的刺變成了一
種暴力，那些想要進去拯救公主的王子，全都被玫瑰荊棘給
刺死了，然後公主只能繼續沉睡在玫瑰荊棘樹叢之內。女孩
的阿尼姆斯能量是帶引她進入世界，發展自我的必須動能，
它有著愛慾的創造性質地，在「睡美人」裡，我們看到被封
存的愛慾，紡錘的創造力變成玫瑰的荊棘，在關係中刺傷對
方，強迫自己武裝起來，此時阿尼姆斯的樣貌極其兇惡，成
為女性巨大的負面人格特質，一個刻薄、刺人的防衛機制。

　　環顧周遭，我們總不難發現玫瑰公主。她們常常會說：「大家都不知道我的內心有多麼的孤單，多麼的渴望，我需要別人的愛跟陪伴！」但她的外在卻像玫瑰荊棘，發展出極度敏感的特質，以及伴隨而來的巨大攻擊性。在女性個人成長的路上，我們終究還是要回去找到那個刺的源頭，弄清楚自己到底在何處受了傷，以致於要長出這麼厚的荊棘圍籬，把所有的人擋在外面，甚至逼上絕路，但自己卻仍被困在其中孤單寂寞，被迫繼續沉睡百年。

王子什麼也不用做

　　讀完〈睡美人〉的故事，有人可能會感到不解，因為最後這位王子好像什麼也沒做，剛好在百年期滿時，荊棘樹叢就為他打開，然後王子走進去吻了公主，之後一切就幸福美滿了。因為這本來就是公主的而不是王子的故事，重點在於如何發展女性內在完整的真我，而這王子的無作為也在告訴我們「不是不報、時間未到」。在此之前，用再大的力氣也砍不斷層層包覆的荊棘樹叢，陽性力量什麼也不能做，一定要等時間到了、陰性能量準備好了，花就會盛開、荊棘就會讓路，邀請有耐心願意等待，以及適合的陽性能量進來。

　　在關係裡，等待是重要的，守在旁邊、不衝撞，時間到了，外層的圍籬就會自動脫落；在個人內在轉化的歷程裡，

等待也是重要的，當我們往內看得夠深刻，找到被割傷、長出刺的源頭，然後給出時間與空間，安靜等待，直到某個時刻，包覆於外的荊棘就會脫落、從內綻放的玫瑰就會出現。

現在女性都認識自己內在的陽性能量，職場升遷、事業有成，靠的就是意志力、紀律、毅力、有秩序的陽性動能，但是這個陽性卻始終沒有與內在沉睡的公主、未被發展的陰性能量相遇。這個相遇，在〈睡美人〉裡需時一百年，真實人生裡，女性要從與外在事物拚鬥轉向尋回來時路，跟內在那位眾人期待、受到祝福、接受獻禮、擁有所有美好特質的公主重新相遇，從此過著幸福快樂的日子，需要的不是外面的王子，而是時間、洞察，以及耐心。

母親的暗面

用另一個角度，我們可以將〈睡美人〉解讀為一個女性能量沉睡與復甦的故事，其中的主要情節與人物女巫師、玫瑰與荊棘的意象，明顯看出這裡面隱含著女性懲罰女性，或許可以被稱之為自恨或厭女的內在糾結。馮・法蘭茲曾問：我們為什麼如此排斥或抗拒女性質地？這些排斥或抗拒，究竟從誰學習或承接而來？答案明顯的指向我們的母親、我們的母性傳承。

常聽人說起嚴苛的婆婆與委屈的媳婦，這些婆婆明明也

曾經是人家的媳婦，為什麼當了婆婆之後卻不能將心比心？〈睡美人〉告訴我們，受傷的、憤怒的母親，會帶出女性的陰暗面，以之壓制女性的發展，我們甚至可以說，這就是一場女性之間傳承的戰爭，放在婆媳關係裡，此刻被壓制的媳婦正是當初被驅趕跟排斥的自己；放在自性化歷程裡，被壓制的女性跟被封住沉睡的女性，就是女性自我認同的負面內容。經由母女代代傳遞的負向訊息，對女性質地的否認、排斥與壓制，在我們發展成為完整女性的路上，內在有時候會出現的負向母親，就像那位受傷的女巫師，因為被忽略，突然跑出來懲罰自己，以致這個受傷與懲罰、懲罰與受傷反覆發生在我們內在。

　　〈睡美人〉故事裡十三個女巫都是母性原型，其中大多數是正向的，只有一位代表母親的負向性，她代表一位女性質地被輕忽與被壓制的集體母親，又把這個有所缺損的自我認同傳給了集體女兒，這是人類集體意識發展的過程裡女人必須共同面對的議題，將自我的創造力投射給身邊的男性，或是讓受傷的陽性能量佔據自身，成為易怒惡意的女性，都無法解決女性無法成就完整自身的問題。這時，我們需要的不是被外在的白馬王子拯救，而是內在陽性能量的幫忙。領會了，體悟了，時間到了，藩籬卸下、繁花盛開，阿尼姆斯走進來，親吻公主，喚醒了沉睡百年的陰柔質地，讓女性的自我完整。

　　婚禮意味著生命內在的陰性與陽性兩極終於相遇、終於完整、終於契合。王子與玫瑰公主的盛大婚禮，讓〈睡美人〉歡樂收場，百年荊棘，換來「從此過著幸福快樂的日子，直到永遠」。永遠幸福快樂，只在童話故事裡存在，但我們對於完整自身生命發展的渴求，就是如玫瑰般美麗的永恆盼望。

第六章

走進黑森林：
美麗的瓦希麗莎

〈美麗的瓦希麗莎〉是一個俄國童話故事，情節近似我們熟知的〈灰姑娘〉。上個世紀的童話研究曾追溯〈灰姑娘〉的源頭，發現全世界至少有四百六十多個不同版本的類似故事，可見這裡有個極為重要的原型，從不同的文化土壤裡探頭，發展成為在地的傳說。最出名的，還是《格林童話》的版本，所以我們不妨就把這個原型稱為「灰姑娘原型」。

當我們想到〈灰姑娘〉仙杜瑞拉（Cinderella）的故事，普世皆知的圖像就會浮現腦海，好比繼母、壞姊姊、神仙教母、善良女孩辛苦工作、王子鍥而不捨的尋找、玻璃鞋、南瓜馬車、子夜十二點的逃離……。這些千百年不變的原型，是讓這個童話擁有強大影響力的祕密武器，它彙集了眾多心靈元素：首先，它具備愛情的元素，浪漫的邂逅、華麗的舞會，故事結尾以盛大的婚禮宣告了公主和王子永恆的幸福。其次，它呈現重要的孤女原型，如果沒有邪惡的繼母，以及兩位又笨又醜、心腸又壞的姊姊，襯托不出灰姑娘的無依無靠卻仍堅持善良的特質。

〈灰姑娘〉廣被文學與心理學領域引用，正因為它精準捕捉女性心靈的眾多面向。如果我們把故事心理學化，〈灰姑娘〉裡的每個角色、每個元素與每個情節，都是為了協助女性內在的發展。女孩尚未被發掘的真我，就像仙杜瑞拉仍被煤灰覆蓋，少了繼母的惡意與姐妹之間的競爭，童話故事無法展開，女性的自性之路也無從顯現。換言之，如果不能

面對、接納精神世界裡的繼母與姐妹，內在的工作也無法開展。

　　基於兩個原因，我選了俄國版本的〈灰姑娘〉。第一是因為〈美麗的瓦希麗莎〉描述了女性心靈發展裡重要但困難的面向：母女關係。女兒跟母親的相同性別，是女兒發展自我認同上最親近的關係，傳統的社會裡，年輕的女孩容易依循母親的教導建立起穩定的自我形象，反之要對抗母親發展出獨立自我的女性意識則相對困難，如果不是母親有巨大的缺陷，分離與獨立發展從來不是女性自我之路。〈美麗的瓦希麗莎〉講了一個必須要與母親分離與獲得不同女性智慧的故事。第二是因為故事裡有一個女性的智者芭芭雅嘎（Babayaga），她代表了家庭系統之外的女性智慧，需要離家尋找才能獲得，這對應了女性發展真我的必經歷程。

女巫芭芭雅嘎

　　〈美麗的瓦希麗莎〉裡有一個女巫芭芭雅嘎，她經常出現在俄羅斯或北歐的童話故事裡。芭芭雅嘎的樣貌很醜，牙齒是鐵做的，食量很大但骨瘦如柴，所以也被稱為「瘦腿如骨芭芭雅嘎」（Babayaga Boney Legs）。她通常坐在泥灰桶裡飛行，右手拿著木杵，左手抓著掃把，飛過之處，會颳起一陣冷風，接著掃把會把她的行跡掃掉；她的身邊總有一

群妖魔鬼怪，除非芭芭雅嘎開口喊停，否則會一直繞著她打轉；她住在一間會吃人的小茅草屋子裡，屋子底下長著兩隻強壯的雞腳，所以房子不斷移動，不會固定停在某處被人鎖定，但她的住處總在冷冽黑森林的最深處，房子外圍有道籬笆，是用一長排人骨插著骷髏頭做成的，震嚇住想要進到她領地的人。這麼一位又醜又可怕的黑女巫，跟我們的虎姑婆同屬一種原型，讓孩子心生畏懼。然而，芭芭雅嘎卻拿心地乾淨善良的人沒辦法，不僅無法對他們做出壞事，反而會給予有用的建議，如果通過她給的艱難任務，她會信守承諾，回應任何進門求助的人，這時候的芭芭雅嘎，又彷彿代表了某種智慧的女性。因為芭芭雅嘎的房子會吃人，周圍又都是人骨和骷髏頭，表示她與死亡的關係極為靠近，所以也有人說她是地面上生死之泉的守護者。

芭芭雅嘎的意象出現得早，廣為流傳在寒冷的北歐與俄羅斯交界之處，跟後來才發展出來、歐洲大陸最主要的母親形象「大母神」或「聖母瑪利亞」相比，芭芭雅嘎是一個更原始、不可親的女性原型，雖然擁有智慧，又掌管與生死有關的力量，但她的形象太可怖了，不是會讓人想要擁抱的對象。這樣的意象會推著我們再往精神發展的源頭走，走到一個更初始、更渾沌的，一個還沒有細細劃分好的，一個原始的、許多東西還混雜一起的精神世界，可以說芭芭雅嘎是一個女性心靈的初胚或粗模，還沒有被打磨成優雅、有愛、美

麗、崇高，如同觀音或聖母瑪莉亞那樣的細緻質地的女性原型。〈美麗的瓦希麗莎〉有我們熟悉的灰姑娘，以及不熟悉的芭芭雅嘎，意味著我們想觸碰陰性心靈發展過程底層、陰暗粗野的、難以界定與分辨的部分。

ASILISA
THE BEAUTIFUL

美麗的瓦希麗莎

　　很久很久以前，在很遠很遠的地方，有位可愛又善良的小女孩，大家都叫她美麗的瓦希麗莎。她和爸爸媽媽住在一個叫做拉登的小村莊，媽媽在她八歲的時候生了重病，過世之前，媽媽把瓦希麗莎叫到床前，對她說：「妳要好好聽我現在告訴妳的話。我會給你一個木刻娃娃，它是我的媽媽給我的，妳要把娃娃帶在身邊，不可以給任何人看到。當妳遇到困難的時候，就把娃娃拿出來，給它吃一點東西，然後問它怎麼辦？它會告訴你解決的辦法。」說完，媽媽給她一個擁抱跟親吻，跟她告別，沒過多久，就斷氣了。

　　瓦希麗莎把木刻娃娃拿出來，給它吃東西，娃娃的眼睛突然就亮了起來，跟真人一樣。娃娃對瓦希麗莎說：「妳不要害怕，黑夜比清晨更有智慧。」之後，瓦希麗莎就常常向娃娃訴苦。她爸爸是商人，經常要出門旅行，因此聽從大家的建議，娶了村裡一位寡婦莉莉亞來照顧家、照顧瓦希麗莎。雖然瓦希麗莎不怎麼樂意，但是爸爸

已經做了決定，他對瓦希麗莎說：「妳將有兩位姊姊，還會有一位照顧妳的媽媽。」

幾年過去，瓦希麗莎越來越漂亮，村裡的年輕人都想追求瓦希麗莎，姊姊跟繼母因此嫉妒與憤怒，對瓦希麗莎非常不好，把所有的家事都交給她做，幸好她有木刻娃娃這個幫手。雖然繼母一再強調：「除非兩個姊姊先嫁出去，不然誰都別想娶老三瓦希麗莎。」但是這番話還是擋不住愛慕瓦希麗莎的年輕人。某天，爸爸又要出門，而且這一趟要很久之後才會回來，繼母終於想出一個方法孤立瓦希麗莎。這天早晨，她對女兒說：「把所有的東西打包起來，我們要搬家了。」瓦希麗莎聽見心裡很難過，因為捨不得離開熟悉的環境。

他們的新家靠近黑森林，是一棟老舊的房子，旁邊有沼澤，前面有幾塊看起來很久都沒有耕種的田地，最近的鄰居，也在好幾英哩之外。

尤其，這裡距離芭芭雅嘎住的地方很近，芭芭雅
嘎是一位惡名昭彰的女巫，沒有人想走近她在黑
森林裡的家。大家都知道，只要被芭芭雅嘎看見，
就會被她吃掉。繼母總是支使瓦希麗莎去黑森林
採果實、撿木材，奇怪的是，瓦希麗莎每次都順
利完成任務，並沒有被芭芭雅嘎吃掉。

　　某天晚上，繼母想出一個計策，對三個女兒
說：「今晚，妳們要做整夜的女紅。老大妳負責
繡花，老二妳來織一雙襪子，老三妳就紡紗吧。」
說完，繼母就去睡覺，並叮囑不許浪費，只准點
一盞燈。繼母上床以後，燈火越來越暗，大姐說：
「我來剔一下燈火吧。」但一不小心把燈火給弄
熄了。火熄了怎麼辦？大姐說：「只好去跟附近
人家借火吧！不然工作沒做完，明天媽媽起床一
定會罵人。」但是，去誰家借呢？又該派誰去借
呢？二姐說：「最靠近我們的鄰居就是芭芭雅嘎，
小妹妳一天到晚在森林裡，只有妳認得路，當然
是派妳去啊。」

　　瓦希麗莎知道抗議沒有用，只好順從。她一走出家門就哭了，因為在這麼黑的夜裡，要走進如此恐怖的森林，還要去跟邪惡的芭芭雅嘎借火，偏偏自己又沒有其他選擇。走著走著，她發現自己已經深入森林，完全不認得路了。

　　迷路的瓦希麗莎，突然看到一位騎著白馬的白色騎士，當白色騎士經過她身邊，曙光就出現了；又走了一陣子，她聽見後面傳來馬蹄聲，回過頭，看到一位騎著紅馬的紅色騎士，當紅色騎士經過她身邊，太陽就出現了，落在最高的樹梢上。繼續走著走著，她看到遠處有一塊小空地，空地上有一間小房子，當她高興地朝著房子走去，仔細一看，房子底下長著雞爪，還圍著一圈恐怖的骷髏頭，瞬間她的心都涼了。這時她又聽見馬蹄聲，這次出現的，是一位騎著黑馬的黑色騎士，當黑色騎士經過她身邊，整座森林，就好像蓋上一大塊黑布，立刻暗了下來。就在這時，骷髏頭

的眼眶突然亮了起來、活了起來，一陣風吹起，
芭芭雅嘎出現了，女巫坐在一個灰泥桶裡，右手
拿著木杵，左手拿著掃把，身上披著披肩，降落
到地面，對著小房子說：「小房子啊，把你的門
朝向我，把你的背對著森林。」

　　小房子聽了話，一邊把圍牆轉了方向，一邊
走向芭芭雅嘎，讓門口對著她。芭芭雅嘎一聞就
說：「這裡有個女孩，妳給我出來！」嚇壞的瓦
希麗莎只好走出來。芭芭雅嘎問她：「妳是自己
來的？還是被別人送來的？」瓦希麗莎說：「我
的姊姊們要我來的。」芭芭雅嘎說：「嗯，是被
別人送來的，那好吧，妳可以進來。」於是她開
了門，帶瓦希麗莎進入小房子。

　　芭芭雅嘎又問：「妳要什麼？」瓦希麗莎說：
「我的姊姊們要我向妳借火。」女巫說：「我可
以給妳火，但是妳得做些事情作為回報。妳要清
掃我的房子，從裡到外，妳要為我做晚餐，妳還

要到廚房裡把玉米全拿出來，挑出壞掉的，如果
有一顆壞玉米沒有被挑出來，妳就會被我吃掉。」
說完，芭芭雅嘎把爐子上可吃的食物幾乎吃光光，
只留一點點給瓦希麗莎，然後女巫就立刻睡著了。

　　瓦希麗莎帶著她的娃娃走出去，餵它吃了一
點東西，對著娃娃哭泣，娃娃說：「沒關係，妳
放心，我會保護妳。妳只要負責做晚餐就行了。」
隔天，天沒亮瓦希麗莎就醒了，往窗外看，白色
騎士呼嘯而過，曙光出現了，接著，紅色騎士呼
嘯而過，太陽也出現了，芭芭雅嘎就出門了。瓦
希麗莎想走出小房子，但是門都被鎖住，根本走
不出去。沒辦法，瓦希麗莎只好留在屋裡，卻發
現娃娃把所有事情都辦好了，她只需要做晚餐。
夜晚來臨，芭芭雅嘎回來，發現交代的事情全部
做完，而且一點錯都挑不出來。芭芭雅嘎很不高
興，大聲叫喊：「我的忠誠僕人出來吧！把這些
玉米拿去磨成粉。」咚咚咚，不知道從哪裡跑出
來三雙手，除了手之外沒別的部位，把整筐玉

米給搬走。女巫對小女孩說：「明天妳還是要做一樣的事，把房子清乾淨，為我做晚餐，然後把罌粟子跟混在一起的泥土分開來，一點點土也不許摻。」隔天，一模一樣，娃娃把所有的事情都做完，到了晚上，芭芭雅嘎更沮喪了，因為還是找不到藉口吃掉瓦希麗莎，只好再叫三雙手把清好的罌粟子拿去榨油。咚咚咚，三雙手出現，除了手之外沒有別的部位，抱著罌粟子離開了。

　　瓦希麗莎站在一旁看著，一語不發。芭芭雅嘎說：「喂，妳一定很好奇，想要問我問題吧。」小女孩說：「我的確好奇，我不懂好多事情。」「妳可以問啊。」「我可以問嗎？」女巫說：「可以。不過，妳要知道，不是每個答案都會帶妳去比較好的地方。妳要知道，懂的越多，老得越快。」於是瓦希麗莎開口：「那個白色騎士是誰？」，女巫說：「喔，那是我的僕人，黎明。」「那個紅色騎士是誰？」「喔，那是我的僕人，太陽。」「那個黑色騎士是誰？」「喔，那是我的僕人，

黑夜。」

　　雖然還有問題，但是瓦希麗莎決定不問了。女巫問她為什麼，小女孩說：「妳說過，懂得越多，老得越快。所以我不問了。」女巫說：「妳不問是對的，因為妳剛剛問的，都是圍牆外的東西，那些問了圍牆裡的人，沒有一個可以活著離開，妳是個聰明的女孩。」女巫接著說，「現在輪到我問妳了，妳老實說，為什麼交代妳的事情可以做得這麼好？」瓦希麗莎回答：「因為母親的祝福幫助了我。」芭芭雅嘎大叫：「我的房子裡不許有被祝福的女孩，你母親的祝福讓我不舒服。滾！滾！滾！」女巫把瓦希麗莎趕出去，用棍子插進一顆骷髏頭交給她，對她說：「這就是妳要的火，我給了妳，妳可以走了。」

　　門打開，瓦希麗莎走出去，一天一夜才回到家，家裡暗暗的，繼母和兩個姊姊坐在那裡。她們說，自從瓦希麗莎離開以後，火只要被拿進屋

裡就會熄滅，這段時間，不能做事情也不能煮飯，一直處在黑暗裡。看見瓦希麗莎手上的火光，三個人高興極了：「太好了！妳把火帶回來了。」當她們看清楚火光來自骷髏頭的眼睛時，高興轉為害怕，轉身想要逃走，但是骷髏頭眼裡的火始終追著她們，那個火越來越強、越來越炙熱，最後追上她們，把她們三個人燒死了。

結尾A：天亮時，瓦希麗莎在門前空地挖了一個坑，把骷髏頭埋起來。等到爸爸回來，瓦希麗莎就和爸爸一起過著幸福快樂的日子。

結尾B：後來，瓦希麗莎離開家，去了大城市，成為一位手很巧的裁縫師，做出來的衣服特別漂亮，受到沙皇注意，娶她為妻，從此過著幸福快樂的日子，自始至終，木刻娃娃都在身邊。

成為孤兒之必要

　　故事的結構是標準的孤女成為女英雄之旅，女孩面對生命無可迴避的打擊，並且接受艱難的任務，成功的完成挑戰。美麗的女孩瓦希麗莎，原本住在正常家庭裡，母親死亡，留給她一個木刻娃娃，打擊與挑戰就此展開。繼母和兩位姊姊出現，女孩的生活越來越辛苦跟困難，搬到黑森林旁邊之後，繼母給了女孩一項不可能完成的任務：跟惡名昭彰的芭芭雅嘎借火。孤女瓦希麗莎走進黑森林，找到巫婆的房子，完成取火的任務。找到火，帶回來照亮黑暗，是許多神話或童話共有的主題。芭芭雅嘎則給了女孩整理家務的不可能任務：清掃房子、烹飪食物，揀出好玉米，把罌粟子與泥土分開。雖然女孩順利完成這些挑戰，但是並沒有拿到火，只有完成第三項任務，她才得以回家：她要面對與處理內心的好奇，分辨何時可以發問、何時必須喊停？故事走到這裡，女孩才終於完成走進森林借火的任務，能夠返家。離家又回家的女孩，才可以發展屬於自己的生活，跑去城市，成為裁縫，得到國王喜愛，最後成為皇后。

　　如果把〈美麗的瓦希麗莎〉視為女性內在的發展歷程，兩個母親原型先後出場，依序是好母親的死亡，以及壞母親的惡意攻擊。為什麼好媽媽一定得死？彷彿皇后不死、公主就永遠得不到發展。好母親的死亡，推著瓦希麗莎不得不離

家，展開自己的旅程，朝向繼母所代表的黑暗母親原型前進。〈美麗的瓦希麗莎〉呈現了我們對母親的又愛又恨，標註了女性自我發展歷程裡重要的兩站：正向的母親情結以及負向的母親情結。

故事裡的主角瓦希麗莎是一個孤女，有些人讀到的是她失去母親的孤單，有些人讀到的是她被爸爸拋棄了的無助，雖然大部分的人不是孤兒，可是人生旅途裡，一定經驗過不被保護、沒有引導、茫然無助的時刻，感覺必須一個人跌跌撞撞找出路，這個「為什麼別人有爸媽保護、師長貴人相助，我卻要一個人摸索？」的感受與茫然無依的底層就是集體心靈中的孤兒原型。而在讀〈美麗的瓦希麗莎〉這類的故事時，我們常可以透過故事的意象而接觸到深藏內在的孤兒感受。

神話學者喬瑟夫・坎伯（Joseph Campbell）在研究中發現，世界上各民族的神話絕大部分都可以稱為是英雄的故事，神話描述的是成為英雄的旅程，可以說神話刻畫了一個人類集體的心靈真相，英雄之旅是個人為尋找真實自我、完成自我的過程，而邁出英雄之旅的第一步，則是承認我們每一個人都是孤兒，無父無母。因為孤兒代表著一種精神的狀態，無所依靠、無所憑恃。這是成為獨立完整的自己、成為英雄的初始，他必須是孤兒。瓦希麗莎或是灰姑娘辛德瑞拉就是一個最有名的孤女，她的歷程把我們各自獨特的生命經驗串連起來，讓我們在個人的獨特性裡感受集體的共同性，

其實我們正一起面對人類共同的議題。

與黑暗搏鬥之必要

母親的死亡代表母性的保護告一段落。如果媽媽沒有生病、沒有過世，可愛又善良的瓦希麗莎，可能會順利長成快樂的女孩，找到幸福的對象，過著幸福快樂的日子。問題在於，無瑕的人生並不存在，普通人的一生，不是在這裡跌倒、就是在那裡摔跤，日子從來就不是「從此過著幸福快樂的日子」。精神世界裡，平穩之下總是有些蟄伏著的什麼正蠢蠢欲動，母親的死亡，就是小女孩開始發展自我的起點。

媽媽不死、幸福快樂，都是意識層面所發展出來的美好想像，一切不合乎這個想像的美好，都被點點滴滴囤積在潛意識裡，能量越堆越多、越來越強大，直到某天找到一個破口處冒出來。對美麗的瓦希麗莎而言，這個破口就是母親的死亡。失去了美好的女性傳承，才是瓦希麗莎獨特生命歷程的開始。母親所代表的是正確美好的價值，她的去世代表了這個價值的衰敗、集體規範的力量式微，也就意味著那些由繼母與姊姊所代表的黑暗勢力正要興起，所以繼母非壞不可，姊姊們一定要又懶、又醜、又小心眼，如果遞補的是好媽媽與好姊姊，女孩反而找不到發展的路徑。母親之死，帶出來的是女性必須面對自己內在黑暗的這個原型，一個女英

雄的成長之路就此展開。

走入暗處，意味著認識自己內在所具有的負面性，如果不面對繼母所代表的激烈攻擊性、掌控性與權力欲，就有可能會被黑暗的力量擊倒，因為暗處出手的攻擊總是讓人措手不及。在這個故事裡，繼母得到邀請，成為瓦希麗莎的家人，女孩無法不面對繼母，她必須與陰影正面交鋒。

在童話裡，壞媽媽跟繼母是同義詞。小孩有時會對自己媽媽喊叫：「妳壞！我不要！妳討厭！妳是壞媽媽！」當孩子這麼說，那個片刻，媽媽就是繼母、就是壞媽媽！女性會用不同的方式來面對繼母和姊姊所代表的那些黑暗質地。其中之一，就是八卦。有時候，姊妹淘聚在一起，就會講起八卦，或者碎嘴開罵，當然，如果我們發現閨蜜居然跟別人一起討論自己的私事、講自己的壞話，心裡的感受一定非常痛苦，這種經由群聚所表現出來的黑暗性，固然暢快，但是也很危險。馮・法蘭茲特別提到，女性之所以喜愛八卦、碎嘴或道人長短等等，其實是對抗集體意識的一種方式，用以對抗道德教訓中對女性的正向要求。這是一種小規模的對抗，不可以很多人一起，只能由少數幾個信得過的姊妹淘私底下講講，這樣的黑暗或負面性，不能稱之為邪惡，但是仍具有某種淘氣的、發洩的與連結的作用。馮・法蘭茲認為這是女性面對來自集體無意識的壓迫，為自己所找到的一種不得不的對抗。

　　狗仔隊與娛樂新聞滿足的正是類似的需求，擴大各式各樣的小道消息，給大家一點點吐氣的空間。網路串聯也有這樣的意味，以前的八卦只能在背後說說壞話，但是網路的匿名性讓我們可以隱匿真實的身份，更容易帶出內在的黑暗。在網路上，我們隨時可能搖身一變，成為童話裡的邪惡皇后、壞心繼母跟懶惰姊姊。作為打手，我們如何處理集體的黑暗性？作為箭靶，我們如何面對如海浪般一波波的惡意沖刷？如果我們把童話分析所習得的應用在網路時代，被罵得很可憐的時候，或許可以自比為故事裡的瓦希麗莎，知道生命裡一定得遇見而且面質自己內在的黑暗，所以，在內在成長與自我發展的路上，常常第一個要處理的就是自己的陰影。

　　走入暗處，意味著我們必須勇敢認識自己裡面的壞。如果我們能夠理解壞在生命發展之中的必要，如同黑夜之於白日，寒冬之於四季，我們必須使用生命中的黑暗來平衡光亮。壞媽媽引動了瓦希麗莎的生命歷程，就像其他童話或神話故事裡的魔鬼或惡龍，牠們就站在正中央，擋住英雄的去路，逼著英雄與之對抗。這些所謂的壞的因子，存在負向母性裡面的黑暗性、帶著吞噬和毀滅的力量，是阻止女孩發展成為完整女人的重要力量，是我們需要知道、需要認識的一種內在動力。我們必須知道它的存在，與之搏鬥的過程就是發展個人生命歷程的重要動能。

攜帶物件之必要

　　〈美麗的瓦希麗莎〉出現三個名字，女孩瓦希麗莎、繼母莉莉亞以及女巫芭芭雅嘎，其他的角色沒有名字，只以爸爸、媽媽或姊姊來稱呼。沒有名字這個設定指涉的是普世皆然，男生就是這樣，小孩就是這樣，爸媽就是這樣……所以故事裡的爸爸、媽媽和姊姊，代表了一種集體的概念，而非個別指名道姓的特質。媽媽在〈美麗的瓦希麗莎〉裡沒有名字，意味著她代表的是集體的母親，由她交給瓦希麗莎的木刻娃娃，也被賦予了集體傳承的意義，那是一件母親當年交給女兒、現在再由女兒交給她的女兒的寶物，一種女性代代之間的紐帶，讓所有女人們神祕的參與在一個大傳統中，不僅女性心靈的傳承內建了這份精神性的動能，而且不管我們生長在非洲、北美或台灣，每個社會也都會以在地文化習用的方式來傳遞這個集體女性的禮物。故事裡媽媽之死，代表媽媽所代表的某種集體價值走到了盡頭，無法再提供小女孩成長的滋養了，但是木刻娃娃片刻不離身，不得不走上自性化歷程的小女孩，還是攜帶著無意識裡正面的集體母親能量。

　　木刻娃娃讓我們聯想到現代心理學經常提及的「過渡性客體」（transitional object）。走進世界，孩子發現不能時時刻刻都緊抓媽媽、帶著媽媽，於是得創造某個物件來象徵

媽媽，這個過渡性客體可以提供連結和安全，協助孩子一步步往分離、獨立的自我道路前進，就像故事裡只要木刻娃娃開口，小女孩就會得到安撫，鬆一口氣，停止哭泣，安然入眠。小女孩攜帶木刻娃娃，而木刻娃娃攜帶母親的殘影，殘影的意思是母親的力量已經不完全、不活躍，變得微弱了，只剩下殘餘的些許正向能量作用在小女孩身上。然而故事裡的木刻娃娃不只是部分母親的象徵，它有能力為瓦希麗莎做事，所以也是神聖之物，就像我們放進隨身皮包裡的那些從各地廟宇求來的平安符。符是攜帶著某位神祇祝福與保護的神聖物件，代表我們相信自己的心靈可以跟神聖的世界相連，有點像孩子相信母親，這種全然的相信，一方面可以撫慰我們的心靈，一方面也陪伴我們慢慢長大，即便在長大的過程裡，一點一點看見父親和母親失去了自己心中仰之彌高的神聖性，但我們也會漸漸轉向學校師長、工作長官或宗教領袖身上去尋找替代的連結與通往神聖的管道。

　　榮格出生在一個基督教家庭裡，爸爸媽媽兩邊家族共出了七位牧師，反而讓他難以走進信仰，只好用自己的方式尋找與神聖性的連結。小時，榮格把木尺的一端刻了一個小人，跟一塊石頭放進鉛筆盒，藏在閣樓裡，有心事時，就跑去閣樓對著小木頭人說話，一直到老年，榮格持續蓋房子與刻石頭，還是在做類似的事情，他曾說，做這些事情的時候，內在有種一以貫之的動力，就是與物件之間的神聖連結。精

神上，我們每個人的內在都需要攜帶一個類似童話故事裡木
刻娃娃的物件，介於想像與真實、情感與神聖之間，可以隨
時抱著或抓著，並與之神祕連結，就像瓦希麗莎，從媽媽過
世到成為皇后，一直到死為止，不曾讓木刻娃娃離開身邊，
在心裡為母親保留一個位子，為神聖以及全然的相信保留一
個位子。

進入森林之必要

〈美麗的瓦希麗莎〉的故事場景從村莊展開，往森林
移動。跟大海一樣，童話裡的森林經常代表人類的集體無意
識。進入森林、進入大海，就是進入未知，走一條他人尚未
走過、必須自己開闢的路。剛開始做個人心理工作，有些人
會夢見想回家卻迷了路，這個家，是內在的家，這條路，是
未知之路，找不到路是必然，危險重重也是必然，然而，終
究得靠自己披荊斬棘，慢慢走出一條回家的路。

瓦希麗莎原本的世界失去了光，因此她必須走進森林
最黑暗處，去跟那位會吃人的女巫要火，然後帶回家。在黑
暗裡，一點火光就會照亮一處角落，本來看不見的，現在可
以看到了，從前不確定的，現在清楚了，所以火代表了光，
代表了一種看見、覺察、頓悟。這樣的火光，也會在自我探
索的心理工作中發生，因為有了某種理解，我們會經驗到：

「啊！原來如此，我看到了。」

　　然而，在此之前，瓦希麗莎一直是個乖女兒，雖然早就從幸福的乖女兒變成可憐的乖女兒，但仍然是順服的、聽從的，面對危險重重的挑戰，還是盡力維持著順服與聽從，所以當瓦希麗莎往找尋火光的森林走去，開始屬於自己的旅程，我們仍有一種她是被送進去的印象。

　　芭芭雅嘎所在的寒冷北國，生活是極為艱困的，換作精神世界，寒地裡有一扇門，是不可以隨便進出的，那些不知輕重、自願前來的人，不知道門的背後就是死亡，所以故事裡芭芭雅嘎開口就問瓦希麗莎：「妳是自己來的？還是被別人送來的？」而我們從後來的發展得知，芭芭雅嘎對於被送進來的人略微手下留情，這意味著，多數時候，人的成長是被迫的，而非自願的。坦白說，沒有人喜歡吃苦搏鬥，但為了尋找困境裡的光，只好進入黑暗的森林，這裡面有種不得不、有種被迫與無奈，有種被送進去的意味，而這個契機，不會隨時發生，只在對的時候方會出現。

不可多問之必要

　　〈美麗的瓦希麗莎〉故事裡有三位騎士，分別是白色黎明、紅色太陽與黑色夜晚，這個「三」讓我們想起基督教聖父、聖子與聖靈的「三位一體」（Trinitas），都是陽性角色。

榮格認為基督教及其衍伸的文化過於偏重陽性原則，需要加入女性元素，才能夠完整發展，而天主教發展史上，也直到後期，才認可聖母瑪麗亞的神性，將她納入崇拜，從神聖的三位一體加入女性聖者成為四。

但在這個位於西方文明邊緣的俄羅斯童話裡，一切似乎都反過來了，森林裡的女巫如同女王，不僅象徵時空的黎明、太陽與黑夜三位陽剛騎士任憑她使喚，土地的運轉、穀物的成長、火光的傳遞也都歸她管，作為一位王，她的氣質是下沉與貼地的，而非聖父聖子聖靈是上昇與超越，所以芭芭雅嘎不同於當代所熟悉的男神傳統，是一位大母神、大地女神與母親神的代表。

除了三位騎士，故事裡還有憑空出現、跑來跑去的三雙手。這三雙沒有軀幹相連的手，除了勤奮服侍芭芭雅嘎，還具備不可被理解的特質。故事裡芭芭雅嘎回答女孩三位騎士的身份之後，追問她還有其他問題嗎？雖然瓦希麗莎想問，但她克制了自己的好奇。我們可別忘記故事裡的芭芭雅嘎是會把人吃掉然後用骨頭堆成圍牆的黑女巫，她是大地女神，能量豐沛深沉、危險莫測，但這個黯黑已經被十八世紀發展的理性之光所驅散，只部分留在薩滿傳統裡，距離我們的意識非常遙遠。〈美麗的瓦希麗莎〉用三雙手代表死亡、邪惡與黯黑的力量，知道太多有關黑暗的知識，那些破壞性的力量可能會進入我們的心靈，然後吞噬我們的心靈，所以不可

以發問、不可以知道，知道是要付出代價的，如同女巫告訴女孩：「妳不問是對的……那些問了圍牆裡的問題的人，沒有一個可以活著離開。」瓦希麗莎的冒險，到此真正告一段落，她的任務，不僅只是吃苦，也包括了節制。

對於心靈結構及其運轉，我們總是充滿好奇，一直挖掘、一直挖掘，總是忍不住想知道更多，〈美麗的瓦希麗莎〉給我們一個重要提醒：遇見暴烈、極端且具吞噬性的黑暗與邪惡時，請別靠近，趕快逃走！我們經常提醒處在親密關係暴力裡的女性，如果覺察暴力將至，或者意識到某種不可解的昏暗正在醞釀成型，留在裡面是不智的，趕快離開，不要對抗。人與人之間、界與界之間、國與國之間都是如此，遇見不可解的暗、不會亮的天，留在裡面是不智的，趕快離開，不要對抗。

阿拉伯有句諺語「千萬別相信沙漠裡獨居的老婦」，我們通常把沙漠裡獨居的老頭想成智者，為什麼遇到老婦卻要逃開呢？這個警語觸及女性原則之中的邪惡質地。女性原則通常是連結的、給予的、以及涵容的，這些正向特質的背面就是女性的佔有、控制與吞噬，連結、給予和涵容都需要接收的對象才能展現。也就是說，這些陰性特質需要透過關係才能呼吸、才能萌芽、才能成長，所以，獨處並非女性精神之道。榮格認為女性不宜獨居，因為獨居對於女性內在發展是不利的，他建議渴望圓滿精神世界但不願走入婚姻的女

性，可以尋找同性夥伴一起走這條追尋之路，以免女性在過長的孤獨裡會發展出黑暗面的女性邪惡。榮格的觀點是有他所在的時代性，並不能全然適用於當代女性心靈發展，但是他所指出的精神現象仍極有價值，因為他所說的就是壓制或拒絕發展陽性特質的女性，偏頗的僅發展陰性特質的危險。

耐心區辨之必要

瓦希麗莎到了芭芭雅嘎那裡，女巫交付了許多差事給她，掃地、煮飯、撿豆子……都是童話裡最常見的、女性幹的活，故事讀到這裡，難免有人會生氣，為什麼男主角的任務是屠龍尋寶，女主角卻經常被派去掃地跟撿豆子？其實這恰好點出了陰性原則與陽性原則不同之處。陽性原則遇龍就殺，在險徑路口過關斬將；陰性原則透過煮飯、清洗、掃地這些日常且重複又繁瑣的行為，不斷地清理跟整理，直到把事物的意涵弄清楚、心靈的珠寶擦乾淨。

撿豆子這件事特別有意思。豆子就是種子，小小一顆，卻蘊含了巨大的生命潛能，它是希望的開啟、是「活」的可能性，而這就是陰性原則的主要內涵——要照顧好小小的豆子，這也是陽性原則所無法取代的特質。所謂的陰性與女性的特色就在這裡展現，願意耐著性子、持續、規律、耐煩地一顆一顆分辨出好玉米跟壞玉米，揀出不好的來，才可以煮

出一鍋好飯，這就是女性力量的展現，這些平常無奇卻又繁瑣反覆的工作，訓練出剛剛離家的女孩，日後成為完整獨立的女人，成就一個皇后。我們的文化裡，也有類似的修煉與陶冶，好比跟著師父學武功，師父一會兒要你坐著不動、一會兒要你上山砍柴，你只能照做，而且不能問，一次又一次、一年又一年，直到某天師父終於開口說「可以了！」東西方文化裡都有這樣的教導，精神世界裡重要的學習，必須倚靠耐力與毅力。在這個東西交界的俄羅斯童話裡，女孩要不斷分辨檢視，讓細小的黑色罌粟子與混在其中的泥土分離，每一次的辨別、判斷都是累積意識之光的亮度，目的當然是要獲得全然的覺悟，如明亮的光線照見一切。然而在取得光亮的覺悟之前，瓦希麗莎就是得一次又一次地重複同樣的動作。

只是學會等待、耐煩與分辨還是不夠，故事裡芭芭雅嘎對瓦希麗莎說：「妳不問是對的。懂得越多，老得越快。」這句話指向另外一個重要的學習，面對未知與神祕，要懂得克制內在的好奇，懷著敬重之心，與之保持一定的距離。知道越多，老得越快，指的並不是字面上的知識會帶來皺紋，而是說，芭芭雅嘎的世界固然有趣、引人好奇，但一下子知道太多其中累積蘊含的奧義卻又無法順利轉化，確實會讓個人的精神世界無法承受，就像擔負了太多無法消化的秘密，內在感覺疲倦、耗竭與老邁。

　　芭芭雅嘎不只是位黑女巫，她也掌管死亡，還會教導他人，是個廣受喜愛的原型，她出現在許多俄國童話裡。她與瓦希麗莎的對話，成為這個童話故事的經典對白，有無限的討論空間，每個人都可以提出自己的看法與詮釋。芭芭雅嘎的世界，就是神祕與黑暗的總和，這裡面的知識，帶著禁忌與毀滅的意涵，當我們試圖打開與觸碰的時候，必須帶著尊重，明白這可能要付出巨大代價例如死亡。類似的意象出現在許多地方，好比《聖經》裡的法櫃，一旦打開，看見那個光，就會帶來死亡，又好比《紅書》（The Red Book）裡榮格往東方尋求智慧之光，他遇見的東方巨人意茲杜巴對他說：「當心這種過度強大的光，你可能會瞎掉。」這些都在提醒我們，遇見超越自己能夠理解的，不管那是神聖的或者邪惡的，要明白裡面的絕對性、不要輕易挑戰，要節制好奇、喚醒謙卑，這正是女性智者從黑暗裡給予的智慧。

　　對於「知識」產生的渴求或欲望，也不可貪心，有時不妨停下來問自己：我所渴望的這些知識，只是不斷地囤積，還是真的可以促成轉化？面對由知識所構築的世界，許多女性往往自覺低人一等，這種女性遇見知識巨人的自卑，會驅使許多女性展現對於知識高度的好奇，作為一位黑暗大母神，芭芭雅嘎給出的智慧話語，就是停止囤積知識，因為過多的知識，不但不會帶出鮮活的智慧，反而對覺悟（enlightment）造成傷害。

燃燒淨化之必要

　　瓦希麗莎被趕出家門，但隨身攜帶著木刻娃娃，這個護身符代表了與正向母親、正向情感的連結，幫助她順利完成取火的困難任務。在追尋的過程裡，她走進暗處，通過繁瑣反覆的考驗，知道黎明的智慧、太陽的智慧和黑夜的智慧，而且明白知道這些就足夠了，雖然故事開始母親就死了，但是從頭到尾象徵著女性力量的木刻娃娃卻從來沒有離開過瓦希麗莎，所以母女關係可以作為生命裡滋養、給予與補給的動力，它與我們長出獨立自我並未相互牴觸。

　　每個人的生命歷程裡，總是會走到那個好像非得把母親殺死不可的階段，這些時刻，我們非得對抗或者消滅禁錮我們個人發展的那股力量，但到了下一步，和母親的關係卻又反轉成為保護與終極的救贖，陪伴著我們從黑暗裡取到光。〈美麗的瓦希麗莎〉裡的光並非來自天上，而是由住在黑暗森林裡的黑暗女神所給予，以及從骷髏的眼眶裡所照出來，這個從頭骨裡綻放照亮的的智慧，明顯是走入禁地，從死亡那裡帶回來的覺悟與理解，經過如是際遇，孤女終於長大有能力成為皇后。

　　許多畫家畫出手拿一根木杖、其上有顆綻放火光的骷髏頭的瓦希麗莎，描述的就是這個從開始的慌亂，到之後的恐懼，到最後的了悟，從極黑裡帶回光亮的過程。小女孩走進

黑暗森林，一開始是害怕的，但是走過之後，帶著覺悟與理解，足以把黑暗的那些負面能量燃燒殆盡；換個方式來說，我們碰觸內在的陰影，是為了學會看懂，為了最後帶回一雙懂得分辨的眼睛，完成屬於女性的自性化歷程。

當我們決心面對內在陰影，不逃走，與之搏鬥，陰影處就會被覺察的光所照亮。在這個童話裡，繼母跟兩位姊姊代表了女性的暗面，原本天真無邪的女孩，透過與女巫的纏鬥對決，拿到了從頭骨裡射出的火光，也理解了黑暗是什麼、邪惡是什麼。有些女性畏懼權力鬥爭或者嫉妒排擠這些存在於日常裡的黑暗，一旦這些陰影被自己知道，就能被自己整合，成為自己的一部分，這些陰影就失去了黑暗的魔力，不再具備阻擋自己或恐嚇自己的能力，生命的境界就被推進到一個更寬廣的層次。生命裡的其他的陰影還會繼續跑出來，提出新的挑戰，然後又被光亮所消融，變成自己的一部分……如此週而復始，一個人的自由度和寬廣度就會持續擴大，核心更為穩定，而邊界更為寬容。

人世間不會沒有黑暗，黑暗與邪惡永遠存在，當它們從潛意識裡浮現，與你我相遇，提出艱困的挑戰，如果我們通過試煉，他們會退回原先所在之處。有人提問，既然殘酷此起彼落、永不停歇，我們究竟該如何回應？榮格學派認為，更重要的是認識它們，甚至從外在的碰撞體認到我們內在也有這樣一塊暗黑，然後讓它們回到原先所在之處。榮格從不

假設或想像有一天黑暗會從這個世界上消失，他認為邪惡的出現，其實帶著某種目的，如果這個意義被理解，我們就不會無知地墜入其中，反而會發展出對於個人或集體的黑暗更深刻的理解。

第七章

熊王子來敲門：
白雪與紅玫瑰

　　榮格借用二十世紀初的法國人類學家魯祥・李維—布魯（Lucien Lévy-Bruhl）提出「神祕參與」（mystical participation）的概念來描述人類仍活在集體無意識的狀態。李維-布魯離開文明的法國，深入亞馬遜河流域，與當地土著生活了一段時間，他發現了與巴黎全然不同的在地生活智慧，土著狩獵的時候，必須聚精會神，將自己完全投入森林、河流與土地，成為大自然的一部份，與森林裡的動物共振共活。他觀察到當地原住民的意識，還活在與自然合為一體的集體性之中，因而能參與神祕大地與山川河流的自然規律。他們的行為語言有著神祕又神聖的氣味，這來自於他們仍是偉大自然的一部份，因為屬於偉大的系統而偉大，因為身在神祕之中而神祕。

　　而現代人卻因為文明的發展與理性的抬頭，失去了與自然合為一體的神祕參與，得到了屬於個人的自由，卻與神祕的世界斷開聯繫。一方面意味著我們失去了讓自我完全沉浸於萬事萬物的能力，無法感知最原始的、天人合一的狀態；另一方面，這個失去為我們換得了個人的獨立自主，這正是理性主義興起與人類文明發展的主要內涵。

　　榮格認為，現代人所面對的最大挑戰，就是如何在生命中某個時刻重新與自然合一，這個回歸，是一個重新辨識與再度參與的歷程，因為這是在個人人性被發展出來之後，有意識的回歸。跟古老、原始、本能的那種與大自然的全然連

結不同，不能再以「神祕參與」稱之，所以榮格採用了煉金術的名詞「奧祕合體」（Mysterium Coniunctionis）來描述這個在保有自我意識的狀態下重新與所有時空與超越時空的廣度相連的意識世界。

　　榮格認為沒有發展出個人意識的人，仍生活在不自覺的認同集體價值之中，與集體無別的生活著的人，即使是活在現代，其實也就是一個現代的原始人。〈白雪與紅玫瑰〉的故事所描述的女性正是處於這樣一種「神祕參與」的女性心靈，一種過度偏頗發展的女性心靈。這個童話是幾百年前德國的民間故事，講述的是純眞、無害、永恆、彷彿時間不會沾染的女性，如何從無時間感的規律裡，發展出現代性的自我，擁有新的、有獨立意識的女性精神狀態，它展示了女性精神演進的一個課題。

白雪與紅玫瑰

　　很久很久以前，一個偏僻的地方，一座孤伶伶的農舍，裡面住著一位貧窮的寡婦。房子的前面是座花園，花園裡種著兩株玫瑰，一株開白玫瑰，一株開紅玫瑰。她有兩個女兒，長得就像兩朵玫瑰，一個叫白雪，一個叫紅玫瑰。

　　她倆生性善良、活潑又可愛，世上再好沒有更好的兩個小孩了。只是白雪比紅玫瑰文靜、溫柔一些，紅玫瑰喜歡在田間草地上跑跳、摘花、抓蝴蝶，白雪則總在家中，幫助媽媽做些家務活，或在空閒時讀故事給媽媽聽。她們倆姊妹情深，常一起出去，手拉著手，白雪總說：「我們不要分開，我們不要分開！」紅玫瑰則說：「對！只要我們活著，就不要分開。」然後，媽媽會加上一句：「你們要有福同享、有難同當。」

　　她們倆常常跑進森林，採摘紅漿果吃，野獸從不傷害她們，而是親熱地走近她們身邊。小兔子從她們手中啃吃白菜葉，小鹿在她們身旁安靜

地吃草，小馬在她們附近活潑亂跳，還有鳥兒，在樹幹上，盡情地歌唱。

她們倆也從來沒有遇到什麼災難，如果在森林裡停留太久，夜幕降臨，她們便雙雙躺在苔蘚上，依偎著睡在一起，直到隔天清晨。母親也知道，所以從不擔心。

有一次，她們在林中過夜，醒來時，發現身旁坐著一位漂亮的小孩，他穿著一件白衣服，在陽光下閃閃發光，站起身來，十分友好地看了她們一眼，一言不發地走進了森林深處，當她們回神望向四周，才發現昨夜竟睡在了懸崖邊緣，如果黑暗中再往前走上幾步，就會滾落懸崖下面，後來媽媽告訴她們，這個小孩，一定是保護善良孩子的天使。

白雪和紅玫瑰把母親的小屋佈置得整整潔潔，讓人看起來很舒服。夏天，輪到紅玫瑰整理

房屋，每天清早，趁母親未醒，她會從樹上摘些花兒編成花環，放在母親床前，讓整個房子變得很漂亮。冬天，白雪會生火，在火上架上鐵架、掛個水壺，銅壺總是擦得亮亮的，像金子般閃閃發光，到了夜晚，天空飄起雪花，母親會說：「白雪，去把門關起來。」於是，母女三人圍坐在火盆旁，母親戴起眼鏡，拿著一本大書，高聲地朗讀起來。姐妹倆一邊聽著，一邊坐著紡紗。不遠處躺著小羊，屋後的架子蹲著小白鴿，小白鴿的頭藏在翅膀裡。

一天晚上，她們正舒舒服服地坐在一塊時，突然聽到有人敲門，似乎想要進來。母親說：「紅玫瑰，快去開門，一定是路過的客人想住在這裡。」紅玫瑰去開門，但不是人，而是熊，牠把那寬寬的黑腦袋伸進門內。

紅玫瑰尖叫一聲，跳了回來，小羊咩咩叫起來，小白鴿也拍打著翅膀飛起來，白雪更躲在

母親床後。這時，熊開口說：「別害怕，我不會傷害你們，我凍得不行了，只想在你們旁邊取點暖。」

「可憐的熊，」母親說，「躺到火邊來吧，小心別燒著了你的皮毛。」然後喊道：「白雪，紅玫瑰，出來吧！熊不會傷害你們，他沒有歹意。」姐妹倆走了出來，小羊和小白鴿也漸漸不害怕了。熊說：「孩子們，幫我把身上的雪打一打。」她們拿出了掃帚，把熊渾身上下的雪掃得乾乾淨淨的，熊心滿意足，舒舒服服地爬到火堆旁，口中不時哼著歌，沒多久，她們便和熊熟起來了，和這位笨拙的客人玩起遊戲，使勁地扯著牠的毛髮，幾隻腳踏在牠的背上，把牠翻過來又覆過去，甚至還用榛木枝抽打，若是牠啊啊叫，她們就會大笑，直到她們太過份，牠才喊：「饒了我吧，孩子們！白雪啊，紅玫瑰啊，妳們快要打死向你們求婚的人了！」

　　睡覺的時候到了，孩子上床睡覺，母親向熊說：「你躺到火邊去吧，外面冷，這裡不會凍著。」天亮了，姐妹倆把熊放出去，熊就搖搖晃晃地踏著雪地走進森林。

　　從此以後，晚上同一時間，熊總會到來，乖乖地躺在火爐邊，讓孩子們和牠一塊盡情玩樂。她們和熊這麼熟了，如果熊不來，她們就不把門關上。

　　春天到了，一天早上，熊對白雪說：「現在我得走了，整個夏天都不會回來。」「你要去哪，親愛的熊。」白雪問他。「我必須到森林深處保護我的財寶，以防那些可惡的小矮人偷我的東西。冬天，大地覆蓋著堅硬冰塊，他們只能躲在地下不能出來，但現在冰雪融化了，和煦的陽光普照著大地，他們就破土而出，到處撬挖偷竊，一旦任何東西落入他們手裡，被他們帶入洞裡，就再也找不回來了。」

　　白雪因為熊要離去而傷心，她為牠開了門，熊匆匆往外時，碰到門閂，被扯下一撮毛髮，白雪似乎看到裡面發出一道金光，但一時無法確定。熊離開，一會兒就消失在樹林裡。

　　過了一段時間，母親讓姐妹倆去林中撿拾柴火。樹林裡，她們發現一棵大樹倒在地上，樹旁的草叢中有個東西來回亂跳，看不清是什麼。等她們走近一看，原來是個小矮人，面色枯黃，長長的白鬍鬚，足足有一呎，鬍鬚的一端剛好卡在樹縫中，小矮人就像隻被繩子拴住的狗，不知道該怎麼辦。

　　小矮人一對通紅的眼睛瞪著姐妹倆，口裡嚷嚷：「還站在那裡幹嘛？你們難道不會幫我一把？」「你怎麼給卡到那裡了，小矮人？」紅玫瑰問道。「笨蛋，多嘴的傻瓜！」小矮人罵道，「我本來想劈柴來做飯，木頭太大，我那一丁點的飯馬上就燒焦了。我們可不像你們這些粗魯、貪吃

的傢伙吃得那樣多。本來我已把楔子打進去，且
一切如我預想進展順利，可那該死的楔子太滑了，
一下子彈出來，就把我這漂亮的鬍鬚夾在裡頭。
現在它被卡得很緊，我也走不開，妳們倆個笨蛋，
油嘴滑舌，奶油粉面的毛丫頭在笑什麼？妳們倆
真是太可惡了！」

　　於是姑娘們使勁地幫他拔，可就是拔不出
來，鬍子卡得太緊了。「我去找幫手來」紅玫瑰
說。「你這沒頭腦的笨丫頭！」小矮人咆哮起來，
「找什麼幫手？妳們倆已夠煩人了，難道你們就
沒有別的法子？」「別著急，」白雪說：「我來
幫你。」於是她從口袋裡掏出剪刀，剪下去，就
把鬍子剪斷了。

　　小矮人脫身後，一把抓起藏在樹根處的一只
布袋，袋中裝滿金子。他一手提袋子，口中嘟噥：
「你們這些粗魯的傢伙，把我這麼漂亮的鬍子給
剪斷，你們不會得到好報應的。」說完便揹著袋

子裡的黃金，頭也不回地就走了。

又過了一陣子，媽媽要白雪和紅玫瑰去河裡抓些魚回來。她們倆走近小溪時，突然看見一個像蚱蜢似的東西往下跳，彷彿隨時都要跳入水裡。走近一看，又是那個小矮人。「你上哪兒去？該不是要跳到水裡去吧！」「我才沒那麼傻呢！」小矮人叫道：「難道妳們沒看到那條該死的魚想把我拖下水嗎？」原來小矮人剛才坐在那兒釣魚，不巧把鬍鬚和魚線攪在一起，一會兒之後，魚咬到餌，小矮人沒有力氣把魚拉上來，魚漸漸佔了上風，使勁把小矮人朝水裡拉。他只得抓住一把草，但那有什麼用呢？他只能跟著魚兒游動上上下下地跳著，隨時可能被拖入水中。

姐妹倆來得正是時候，她們一邊用力拉住小矮人，一邊幫他解開鬍子，但是鬍鬚和魚線纏得太緊了，怎麼也解不開。她們無計可施，只好再拿出剪刀，一刀剪去好長一段鬍子。小矮人尖叫：

「真粗野！妳們倆個壞丫頭竟敢毀我的容！先前剪掉了我好端端的鬍鬚還不夠？現在又剪掉最漂亮的一段，我還有何面目見人？你們趕快給我滾，滾得連鞋子也丟掉才好！」說完，便從草叢中提出一袋裝滿珍珠的袋子，一溜煙就從石頭後面消失了。

　　不久後，母親又打發姐妹倆進城買針線、繩索和緞帶。走著走著，她們來到一片荒地，地上滿布巨大的石塊。一隻大鳥在空中翱翔，慢慢地飛近，在她們頭頂盤旋，鳥兒越飛越低，最後停在不遠處一塊岩石上，緊接著，她們聽到撕心裂肺的一聲慘叫，上前一看，她們嚇壞了，老鷹居然把她們的老朋友小矮人逮住了，正要把他叼走。

　　出於天生的同情心，她們立刻抓住小矮人，拼命與老鷹爭鬥，最後把他奪了過來。小矮人這下可嚇呆了，等他回過神，歇斯底裡地大叫：「難道妳們就不能小心點嗎？瞧你們把我這身棕色上

衣給扯成了什麼破爛樣，你們倆個笨手笨腳的笨蛋！」說完，又從身邊扛起一個袋子，裡面全部是珍寶，然後鑽進岩石下面的洞中。對這種忘恩負義的行徑，姐妹倆早就已習以為常，想想算了，趕忙上路去城裡買東西了。

回家路上，經過那片荒地，又看到小矮人在那裡。這下可把小矮人嚇了一跳。因為他正在檢視他的珠寶。他把寶石倒在空地上，萬萬沒想到這麼晚居然還會有人經過。晚霞照在明亮的寶石上，閃閃發光，漂亮得不得了，女孩們都看呆了，「你們傻呆呆地站在那裡幹什麼？」小矮人吼道，那張原本灰黑色的臉，氣得變成古銅色。就在他不停咒罵她們的同時，只聽一聲咆哮，一頭黑熊從林中奔了出來，直直撲向他們。小矮人嚇一跳，還沒來得及逃回洞中，熊已趕到。矮人心驚膽顫地哀求：「親愛的熊先生，你饒了我吧！我把所有的財寶都給你，瞧地上這些珠寶多漂亮啊，饒了我吧！你不會吃我吧？我這麼瘦還不夠你塞

牙，快去抓住那倆個可惡的臭丫頭，你可以大吃一頓，她們一定像肥肥的鵪鶉那麼好吃！饒了我吧，去吃她們吧！」熊才不聽他那套呢，劈手一掌就把這可惡的傢伙擊倒在地，從此再也爬起不來。

　　受到驚嚇的姐妹倆拔腿就逃，但聽見熊喊道：「白雪，紅玫瑰，別害怕，等一下，我和你們一起去。」她們倆認出這個聲音，於是停了下來。熊走到他們跟前，熊皮突然脫落，站在她們面前的，竟是一位穿著金色衣裳的英俊青年「我是一位王子，」他說，「那個小矮人偷走我的珠寶，並向我施了魔法，把我變成一頭熊，整天在林間亂跑，只有他死，我才能解脫。現在他已受到了應有的懲罰。」

　　白雪後來嫁給了他，紅玫瑰則嫁給了王子的哥哥，他們平分小矮人藏匿在洞裡的大量財寶。老母親和孩子們平安幸福地一起生活了很多年，

她把那兩株玫瑰移植到她新的住所的窗前，那兒便有了年年盛開的美麗無比的白玫瑰和紅玫瑰。

這是一個標準的三幕劇。第一幕，女孩美麗善良，媽媽也好慈愛，周遭的世界全無危險，走進森林，小兔、小鹿、小馬、小鳥都圍繞著她們，宛如迪士尼電影的場景，森林之於她們，有如伊甸園一般，即便到了夜晚，也不用害怕，不但野獸不會傷害她們，還有保護她們免於墜崖的天使。

第二幕，冬夜，大熊來訪時，母女三人正幸福地待在家裏。這隻熊不可怕，友善的熊立刻成為一家人的朋友，成就一段溫馨的友誼。

第三幕，時間到了，熊必須離開，而小矮人出現了。姊妹倆三次解救了困境中的小矮人：第一次，小矮人的鬍子卡在樹幹裡，需要拉出來；第二次，小矮人的鬍子跟釣魚線纏在一起，一面跟大魚搏鬥，一面要把鬍子從釣魚線的纏繞裡解開；第三次，在曠野中，大鳥抓住小矮人，兩姊妹拯救了他；到了第四次，姊妹倆回家路上又遇見小矮人，這次，熊出現了，一巴掌把小矮人打倒，兩姊妹救援失敗，但是熊卻變成金光閃閃的俊秀王子，白雪和王子結婚，紅玫瑰和王子的哥哥結婚，媽媽也跟她們住在一起，全家從此過著幸福快樂的日子。

這位母親是很好的母親，孩子是很好的女孩，世界上最可愛的花呀鳥呀都圍繞著她們，像一個完美的世界。這樣美好開場的故事，回應的會是人類精神世界裡哪個議題？

完美母親與完美女兒

　　故事一開始，出現一位窮困的寡婦。寡婦代表她沒有丈夫，她有兩個女兒但沒有兒子，而這兩個女兒有母親但沒有父親。我們之前討論過負向母親原則、黑暗母親的議題，故事裡的這位母親，並不黑暗，她對女兒寬容又信任，是完美的母親和完美的女兒，但是在這樣的完美裡隱含著故事的核心議題，所以，儘管童話開場時一切都如此美好，我們知道這個故事要處理的是缺席的陽性原則（阿尼姆斯）。

　　日子過得如此甜美，母親甚至不用擔心女兒徹夜不歸，因為動物可親、天使在旁，這不是伊甸園是什麼？這個世界太完美了，沒有一點危險，意思是，姐妹倆完全不需要學習任何有關危險、有關黑暗以及可能會讓自己受到傷害的事情。這個完美，一再讓我們想起希臘神話裡大地穀物之神狄米特跟女兒波瑟芬妮的故事。狄米特與波瑟芬妮感情極好，日子過得很幸福，母親作為穀物之神，大地的生與育全歸她管，女兒只要在地面上，不管在哪裡，都是安全的，唯一可能挑戰她、會把女兒帶走的，就是地底冥王黑帝斯（Hades），當他讓大地裂開帶走波瑟芬妮，母親就再也保護不了女兒。

　　「白雪與紅玫瑰」也是一樣，日子如此美好，來自母親跟女兒的緊密結合，女兒完全相信母親的教導，母親也盡

全力保護女兒。這樣的環境，使得兩個女兒毋需經驗任何挑戰，毋需經驗透過辛苦或者挫敗才學得的課題，因為這些都沒必要。故事一開場就欠缺陽性原則，所以接下來非處理不可的，就是過份發展或者過度偏倚陰性法則的問題。太美好、太天眞、太甜美，純粹到無法涵容任何一點陽性原則，這件事本身就是問題。

故事裡的兩姊妹很有趣。一個白的、一個紅的，白雪內向，冬天在家煮水照顧媽媽；紅玫瑰外向，夏天出門採花做成花環，這說明了女性的兩種性格或質地，代表著女性內在除了純潔安靜，也有活潑熱情，這些都是美好的女性特質。然而，跟大地與自然如此親近，跟動物相處如此容易，連天使都會特地跑來保護她們，如果用以比喻一個人的內在，那麼，這個人仍然完全活在潛意識裡，意識還不需要長出來，換言之，就是沒有自我。夜裡，姐妹倆閉著眼睛都不會掉下懸崖，所以根本不用睜開眼睛就能長大啊，只要如常度日，日子就這樣美好地、持續地、自然地過去，這是意識出現之前的階段，因為意識還毋需萌發、毋需覺知。

有些人會說「從小，爸爸媽媽就是這樣教我的呀，難道不對嗎？」、「社會不是一直鼓勵我們做好的跟對的事情嗎？」、「我做合乎道德規範的事情，做合乎公理正義的事情，有什麼不對？為什麼還是遭受打擊跟挫折呢？」、「我受這樣的教育長大，我相信教會的教導，我遵循師長的意

見，有什麼不對呢？」說這些話時，那個「我」在哪裡？這些話裡，好像少了「我」怎麼講、「我」怎麼想跟「我」怎麼做。

「啊，我們家就都這樣啊！」、「我們台灣人就都這樣啊！」、「我們東方人就都這樣啊。」當我們這麼說的時候，「我」的想法沒有了，「我」的做法沒有了，這些屬於個人意識的部份全沒有了，這正是童話第一幕所呈現的，個人意識尚未覺醒的階段。

因為這是一個女性的故事，講的當然是尚未覺醒、還不需要張開眼睛自己張望的女性。這兩個美麗的女孩，無論純淨內向的白雪，還是熱情外向的紅玫瑰，此時都還沒醒來，也不需要醒來，直到第二幕掀起。

冬日來敲門的熊

從榮格心理學的角度來看，一個人在自性化的歷程裡，如果是女性，不會自始自終完全停留在女性原則裡，必然需要面對自己的阿尼姆斯，發展自己的陽性特質。在心靈發展的過程中始終沒有覺醒的姐妹倆，終於在某個冬日雪夜，遇見了一隻來敲門的熊。

很多童話故事裡都有熊。全世界五大洲，其中的東亞、歐洲跟美洲都有熊。熊四處遊蕩，大概是陸地上可以看見的

相當巨大的動物了，因為牠很有力氣，經常被當作陪伴在大地女神身邊的伴侶，碰到母熊時尤其要警戒，如果牠認為你有可能會傷害牠的小孩，就會主動攻擊你，所以，在西方，熊主要代表母性，母熊在故事裡經常是母性質地的象徵。不過，在「白雪與紅玫瑰」裡，這隻來敲門的熊，明顯地是陽性原則與阿尼姆斯的象徵。

不同文化，對於熊有不同想像。除了經常被拿出來討論的龍，大陸學者也持續研究中國文化裡熊的象徵意義。根據考古，熊的圖騰可以往回追溯到大約八千年前，這表示熊在中國的陸地上是重要的動物象徵。黃帝建國於有熊（河南新鄭），故稱為有熊氏；根據司馬遷記載，上古的「熊」字「上今下酉」，意思就是「帝王」，所以楚國的王，經常自稱熊（例如熊繹、熊儀、熊眴等），可見熊在遠古的中國大地是一種活躍而強壯的動物。

山海經裡提到，大禹為了治水，三過家門而不入，有一次，他在山裡，為了把土鑿開引成水道，把自己變成一隻熊，剛好妻子送飯來，不知道熊就是自己的丈夫，嚇一跳，丟下飯，回頭就跑，大禹在後面一直追，已經懷著身孕的妻子跑到後來變成一塊石頭，大禹，對著石頭大喊，「還我孩子來！還我孩子來！」這時，石頭打開，出來一個小孩，這個孩子的名字就是夏朝禹之後的接班人「啟」。

這則治水傳奇裡熊的意涵，跟〈白雪與紅玫瑰〉裡的熊

是相通的。當女性初初接觸像熊一樣活躍而強壯的陽性原則時，本能的反應就是害怕、躲藏。跟山海經裡大禹的妻子一樣，「我沒有辦法面對，趕緊逃吧！」如果用現代西方心理學的觀點來解析這則上古的中國神話，我們會說，這個女孩以為自己嫁的是國王、是英雄，當她看到治水英雄的真實狀態原來是怪獸、是野獸，因為無法面對跟承受，只好逃走，並且把自己變成石頭。

回到「白雪與紅玫瑰」甜美無慮的開場，終究會在某個冬日，以及深夜，當一切安靜下來，那個已等待了許久、亟欲發展新意、非冒出來不可的，伴隨著敲門聲，就這麼無預警現身了。「咚咚咚」突然而來的聲音往往是意識翻轉的象徵。尚未覺醒的女性原則，處在規律之中與例行之中，並沒有不快樂，然而，潛意識的湧現總是突兀的、迫切的，在故事的第二幕，熊出現在門口了。

初遇阿尼姆斯

野獸跟美女經常配對登台，這個故事也是如此。如果熊代表陽性原則，這個階段的陽性原則，偏向直覺與本能，如同森林動物般的，原始、強壯、陽剛，但是還沒有能力變成人形，還無法融入文明以及意識的世界。如果女性心靈的發展過程，陽性能量一直被隔絕，當阿尼姆斯首次出現，因為

完全沒被發展，一定就像熊這樣，毛茸茸的，具備豐沛的直覺與動物本能，又或者可以說，這個阿尼姆斯，還是個幼稚園小朋友或者小學生，目前只能用與之玩耍的形式開始跟他建立關係。

這個階段的阿尼姆斯，還沒有思辨能力，憑直覺與本能趨使，所以總是說：「我就是要這個！」、「我就想這麼做！」父母常常對孩子說：「再多想一下！」、「看清楚一點！」正是因為這個階段的孩子尚未發展出內在的涵容，在涵容與界限萌芽之前，孩子展現的，自然是猛烈且有力的動物性本質，我們經常本能地提醒孩子「慢一點！」針對的就是這個動物性、太直覺與太快的部分。

在「白雪與紅玫瑰」裡，女性與內在的阿尼姆斯相遇，以遊戲開場是好的，在冬夜發生也是。遊戲提供了好玩、無害、探索與想像的轉圜；而通常需要冬眠的熊，在本該收束能量的季節，每晚跑來，跟一家人縮著窩在小小的房子裡面烤火，直到春天到來，遊戲與冬夜，讓這個與阿尼姆斯初遇的經驗顯得溫和。然而，故事也在此處暗示，這股陽性與動物性的能量裡，隱含著黃金與珠寶，一次是熊自己坦誠：「我必須到森林深處保護我的財寶。」一次是當熊離開，紅玫瑰窺見了一撮閃閃金光。

初登場的阿尼姆斯發表聲明：我擁有極多，我負責看管，我不許人偷，這些珍寶還不是這個世界可以擁有的。

投射與崇拜

什麼是女性質地裡過去被忽略而現在要發展的？是熊嗎？是披著熊皮、擁有珍寶，裡面是王子的這個傢伙嗎？

身為女性，我們經常在身邊男性身上看見這位熊王子。說得直白些，我們往往不自覺地嚮往跟崇拜這些熊王子，其實嚮往跟崇拜的，是他們身上某些清晰的男性質地，例如力量、理性、意志與行動力。

女性通常自認為可以掌握內在的情緒質地，但對於自己是否有能力擁有或掌握陽剛質地，則多半抱持著懷疑之心，總覺得我沒有，我不會，男生比較厲害，尤其某某某……從這裡衍生出來的渴望，不是往內發展自我，而是「我沒有能力，我想靠著他，在他旁邊，我就安心了。」

許多男性大師身邊圍繞著一群女弟子，而且往往是一群質地聰慧精彩的女弟子。女弟子在大師身上看見內在嚮往跟崇拜的男性特質，可以選擇把內在的阿尼姆斯投射在外在的大師身上，圍繞著他，覺得他行我不行、他會我不會。自我成長也就代表人為自己做出不同的選擇，例如收回對外在大師的投射，把注意力與精神用來認識自身內在的熊王子。

認識內在小人

　　小矮人，類似小精靈，在歐洲故事的脈絡裡，他們大部分住在地底或森林深處，專門挖掘和收集黃金、白銀、鑽石這些珍貴的寶藏，由於珍寶埋在地下，所以小矮人也經常跟挖礦連在一起，例如〈白雪公主〉裡面七位礦工小矮人，象徵的就是跟大自然的連結。〈白雪與紅玫瑰〉裡的小矮人，是另外一種類型。他們躲在陰暗處，他們在地底偷取、竊盜、掩藏。還有一種小矮人的象徵，認為小矮人該長大卻沒長大，該長好卻沒長好，仍處在扭曲偏斜的狀態中，所以就是相對於君子的存在、是我們文化裡熟悉的「小人」，他們性格尚未成熟，甚至狡詐不可信任。

　　在〈白雪與紅玫瑰〉裡，小矮人賴皮、自私、忘恩負義，施咒把王子困在熊皮裡，沒事去搶別人的珍寶，遇事就推給身邊的人：「去吃她們，不要吃我！」如果熊代表的是動物性的以及正向的陽性原則，小矮人所代表的就是負向的陽性原則。

　　剛走出純然完美世界的女性，從遇見熊與小矮人開始，經驗了兩種不同的男性能量：一個如熊般巨大、野性、身體的與動物的，一個如小矮人般自私、傲慢、取巧、只知據為己有、是我的就別想拿走。這樣的小矮人，姐妹倆不只遇見一次，而是四次，意思就是，女性必須認識負向的陽性原則，

以及發展出處理負向陽性原則的能力，否則就會一次又一次
被人視為弱者，遇到像小矮人這樣，就會對自己恣意咆嘯、
任意傷害、粗魯對待。童話故事裡的姐妹倆善良又甜美，總
好像可以逢凶化吉，但在真實世界裡，內在太過善良和甜美
的女孩，是會被欺負、被欺騙和受傷的，如果欠缺自覺，就
會一再掉入明明真心對待卻總遇人不淑的困境。

脫離單一，走向寬廣與自由

女性從宛如沉睡的集體無意識裡走出來，先遇見熊所代
表的正向陽性原則，後遇見小矮人所代表的負向陽性原則，
兩者的出現，啟動了女性內在的發展，但是，這個原本滿溢
甜美、純粹、快樂與善解人意的世界，除了欠缺陽性能量以
外，還欠缺了負向的、黑暗的陰性原則。在姐妹倆宛如迪士
尼電影的世界裡，沒有黑暗的角落，沒有憤怒的能量，沒有
競爭、挑釁、撩撥、妒嫉……這些女性能量裡也極度需要被
關注、接觸與處理的負面質地。

每個童話都在講述以及解決一個精神世界動能滯留的問
題，在這個故事的第一幕，無論男性能量或女性能量，似乎
都停滯不前。童話用了熊跟小矮人來代表陽性質地。熊，雖
然正向，卻仍然遙遠而沒有發展，而兩股男性能量，無論是
熊的還是小矮人，都擁有藏在森林深處的金銀財寶，這兩個

陽性的象徵是豐富有活力的。相較之下，女孩們與母親是窮困的人，他們需要從動物性與男性原則裡找到自己缺乏的。

　　場景的轉換也揭露許多訊息。比方說，姐妹倆的日常生活，從小屋跟花園開始，而熊與小矮人的活動場域，卻是森林。小屋鄰近森林，姐妹倆走進森林，意味著進入意識深處。森林帶給人們的感覺，好像非常危險，卻又充滿挑戰，在精神世界裡，珍寶代表的就是生命力，為了拿到這麼珍貴的金銀財寶，就必須離開森林旁邊那間孤零零與世隔絕的小屋，走入森林與各種事物相遇，讓不同的內在成分有機會長出來。

　　所有事件都發生在森林裡，意味著人與自己在潛意識裡遭逢、相遇。當童話主人翁克服挑戰拿到珍寶時，這個人變得富有起來，可以買這個買那個，去任何地方玩耍旅行。精神世界裡的意涵也是一樣，當衝破困難得到生命力時，一個人會突然感覺富有，擁有一種自由跟擴大的感受，在精神上獲得財富，就擁有了生命的寬廣跟自由度。

　　第三次、第四次與小矮人碰面，是在姐妹要到城裡買線與回程的路途上，換言之，已經穿越了森林、走出了森林，意味著原本未被意識涵容的，至此得以浮現，如果姐妹倆沒有發展自己的阿尼姆斯，是沒有辦法走到這一步的。當她們終於獲得、終於穿越，最後到達王城，成為王子的妻子，以及後來的皇后，並搬到王城居住，意味著這些無意識的珍

寶，已經完成意識轉化的過程，成爲我們可以擁有的內在富裕。

與內在的小矮人相遇

　　童話故事裡，主角和其他角色的相遇，代表了人類和自己精神世界裡長出來的某些質地相遇。姐妹倆遇見小矮人，爲什麼要用這樣的一個角色來代表陽性質地呢？小矮人住在地底，善於收集跟挖掘金屬和珍寶，所以是極聰明的。許多歐洲童話裡的小矮人手是巧的，會做首飾指環，是厲害的工匠、鐵匠、金匠。當小矮人現身，而且被抓取，意味著創造力出現，以及被擁有，這種去探查內在那些最珍貴特質的敏銳，就是一種創造性的衝動。

　　創造力也不見容於完全的甜美，所以姐妹倆必須離開原本的世界，接觸這個不同質地的能量，然而，因爲之前沒有機會好好發展，這個被禁閉了許久的質地，突然之間，門被打開，被允許出來。剛走出來時，必然歪七扭八，意思是很難一開始就長好、就順利，得花上一段時間教導和培育。

　　好比故事裡的小矮人，固然聰明，但是又偷又搶，自私懶惰，危難時得到姐妹倆的幫助卻不知感恩，時時刻刻，都在計較與競爭。姐妹倆遇見小矮人的場景，就像很多女性在初初發展內在男性質地時，出現的一種還很粗糙的樣貌。

馮·法蘭茲提醒我們，對女性來說，小矮人善於手作、善於技藝，所以經常代表著一種工具性的陽性能量。

相較於馮·法蘭茲的時代，現代女性擁有更多機會使用到內在的陽性能量，但是我們還是可以發現當女性在發展內在陽性能量時，很容易停留在這種工具性的、技術性面向，譬如把自己侷限在助理或者助手的角色裡，期許自己成為一個大系統裡極度被仰賴的工作者，而非決策者，只使用到小矮人的陽性動能，而這個尚未發展完足的陽性動能，固然有其功用，但也有許多負向面。

故事裡的小矮人，敏銳精巧，擅長發現跟收集，其實很厲害的，但是因為自我設限，所以情緒常常暴走。也就是說，這種工具性的理性、工具性的思維以及過於細膩的注意力，往往扼殺了創意迸發時那種宏觀的魄力，而陷入細節的操作。

小矮人的歇斯底里也跟鬍子連在一起，鬍子、頭髮，都和思考有關，這些從頭部長出來的千迴百轉，很容易跟現實世界的瑣碎糾纏在一起。很多女性具備多重角色，每天這裏也忙那裏也忙，忙來忙去，陀螺一樣轉個不停，就像小矮人的鬍子，總是被捲進各式各樣的情境，無法脫身，無法看到更寬廣的世界。

小矮人現身且屢屢召喚兩姐妹的幫助，甜美純粹的女性，就不得不跨出發展內在陽性能量的第一步——出手拯救

小矮人。如果沒有小矮人，姐妹倆也不會遇見王子，換言之，精神世界發展的第一步，就是離開被保護的、比較安全的世界，願意面對困難，走向挑戰。

天真的危險

很難忍受故事裡姐妹倆的反應吧？簡直善良到有點蠢的程度。過於美好的世界，只能容許單一且正向的女性能量發展，當她們走入森林，接觸陽性世界，理應順勢發展陽性能量之時，還繼續套用這種太過天真的、毫不懷疑的、完全接納的、徹底正向的態度，我們可以說，正是這種過度憐憫與過分同情的天真，使得她們陷入危險。

這些看似非常美好的質地，有時會使女性陷入險境。環顧周遭，仍然有許多一再被欺騙、一再被傷害的女性。身心或情感的「一再被傷害」背後，通常有一種「我還可以包容、我還可以了解、我還可以拯救」的心態，而這種過份誇大、過度發展自己女性質地的現象，隱含著躲避、逃開內在女性質地分裂與轉化的契機，所以即使他人像小矮人那樣傷害自己、咒罵自己、完全不珍惜自己的付出，也還是覺得「喔，那沒關係啊。」停留在發展過度的純然美好女性特質裡，一直迴避陽性特質、拒絕發展陽性特質，內在的力量無論如何也長不出來，最後只好拱手讓出陽性特質，把決定自己命運

的權力交給對方。親密關係裡的暴力、被虐、惡意對待，就是類似的處境。

　　我們常說「可憐之人必有可惡之處」，在這個故事裡，兩個女孩當然不是壞人，但是在她們的可憐裡顯然有種迴避跟拒絕，有種不肯、不願長出內在分辨是非與避免危險能力的頑固，在這樣的女性身邊，我們剛開始可能會想幫助對方，可是幫到後來，一定會覺得沉重厭煩，甚至發脾氣，尤其當這個人是非常親近的人，例如自己的媽媽。

　　因為姐妹倆用過份接納的態度來迴避內在發展，拒絕辨識危險，所以這麼美麗和可人的女孩必須遭遇三次考驗。第一次，她們幫小矮人剪掉卡在樹縫裡的鬍子，那個喀嚓一聲是非常爽快的，儘管事後小矮人大怒。糾纏的鬍子，象徵著心靈被捲進無法辨識的困境，白雪拿出剪刀、喀嚓剪下，意味著心靈採取了發展的行動，當發展到了某個程度，才會進入下個階段。

死亡與救贖

　　姐妹倆從頭到尾沒有太大改變，但就在第四次遇見小矮人時，熊跳出來，完全不理會小矮人的求情與推託，一巴掌揮落，直接果斷地就把小矮人打死了，這麼原始的、直覺的、直接的出手，就是阿尼姆斯的質地。如果夢到某個在內在精

神世界裡很活躍的人物死掉，通常代表某個困境終告結束，這個人所象徵的能量終於被收納到意識裡，不再需要用象徵的方式繼續在潛意識裡佔據一席之地。童話裡的小矮人之死正是如此，因為持續與外在世界接觸，發展出判斷決策與直接行動的能力，不再需要用一個扭曲的、跳來跳去的、情性偏頗的小矮人來表徵女性內在尚未發展完全的陽性能量了，熊與小矮人合而為一，王子出現了。

被魔法控制的王子或公主，也是精神世界的原型。魔法會改變一個人的樣貌，這個人必須到外面很努力走一圈，才能變回原來的樣子，換言之，魔法是為了催逼一個人找回本來的樣貌、找回本心與初衷，因此通常也伴隨著救贖的意涵，因為救贖就是找回來、救回來，要贖回真實的自己，代價必定是極大極多的付出跟犧牲。

被魔法控制，也可以視為內在有個想要發展出來的自己，因為被某種情況所制約或掩蓋，很難被看見或揭露，在這個故事裡，王子一直被負向的陽性能量所壓制，一開始只能用熊的形式出現，必須透過小矮人鑽地、挖掘、偷取，才能慢慢看見被魔法控制的狀態，才能揭露與展現自我。

釋放與衝撞

過份容忍的女孩，後來長成過份容忍的女人、過份容忍

的妻子和過份容忍的母親，這些都可以被視爲是一種未發展的女性狀態：以過份容忍現身，且一直以無法表達的方式表達自己，因此，我們不難想像，當一位「好女孩」步上發展和轉換的道路時，旁邊的人一定會感覺到張力。

我曾經跟一位女性工作，她是好家庭出生長大的好女孩，嫁到另外一個好家庭，成爲好媳婦、好妻子和好媽媽，每個角色都稱職。她來自日式教育的家庭背景，來找我時，總是穿著合宜的洋裝，戴著美麗的珍珠項鍊，即使當了媽媽，還是很甜美溫柔。但是，一旦開始往內探索，她改變了，她形容自己是「住在玻璃屋裡的女孩」，而這個發現讓她覺得傷心，她開始會生氣。她的先生是負責又盡心的男人，自認沒有對不起妻子，不明白爲什麼她會改變，於是來問我到底發生了什麼事情？讓她從那麼好的太太、那麼好的媳婦、那麼好的媽媽變成現在這樣，常常哭、常常找他吵架，常常有不同意見，然而，太太卻說：「我一直都是這樣，只是以前不說，而現在決定說出來！」

這就是一位走出外表的甜美、開始往內在探索，找回眞實力量的女性，周圍的人一定不舒服，因爲小矮人跑出來了，開始計較，開始要求，開始抱怨，開始否定。從像伊甸園般的世界掉落地底，不斷地扭動掙扎，其實是爲了理清內在的許多糾結，然而自己也不清楚發生了什麼，有時態度惡劣如同小矮人，有時變得很有力量，有時身體的感受變得豐

富、敏銳以及愉悅⋯⋯這和出發時的自己大不相同，從滯留在最初那個固定形貌裡，到原始的、動物性的直覺本能開始湧現的時候，我們會經驗到一種釋放的快樂，但對於他人與世界，當然會是一種反差與衝撞。

白雪對姐妹說：「我們不要分開，我們要永遠在一起！」這裡所呈現的可說是一種幾乎沒有陰影的女性情感。陰性質地最重要的特徵就是連結彼此，讓我們永不分開、永遠相伴、一起面對吧。但這並非陽性質地的重點，陽性質地總是目標導向，從這裡到那裡，規劃、發展、行動、執行，然後完成。

如果可以同時具備陰性的連結跟陽性的行動當然最好，所以姐妹倆從純然連結的世界裡走出來，與阿尼姆斯相遇。而陽性能量在這個故事裡也很甜美，因為熊一出現就說：「請妳不要害怕！我不會傷害妳。我只是被凍著了，我想要依偎在妳身邊！」啊，原來這隻巨獸不會傷我，我不認得牠，但是我覺得牠好有野心或者好有想法，我好害怕這樣的衝動出來以後，會毀掉我所熟悉的世界，這就是許多女性經驗到自我發展時的真實感受。

我們渴望發現內在的另外一個自己，可是那個自己又會讓自己害怕，但是請記住這隻熊，牠用「我只是被困住了、我只是被凍住了」說出懇求，提醒我們去發現被集體壓制著、已經失去活力的內在狀態。「我被困住了！」這是日常

中常使用的語言。精神世界裡，當我們被陰性質地全然包圍以致不能動彈，內在的阿尼姆斯沒有辦法找到機會和角度採取行動，就會被困住、被凍住。如果我們內在也曾經感受到那個冰凍與被困，為什麼不突圍呢？唯有停下來，想清楚，作決定，女性才能把自己從陰性質地裡解放出來。但是王子所代表的正向陽性能量，不會一開始就作用，還是需要先經驗讓自己內在不那麼舒服的種種計較、競爭與好勇鬥狠，要經過這些，且願意面對，才能夠轉化。直到最後，王子才說：「我是一位王子！小矮人（負面陽性能量）偷走我的珠寶（霸佔陽性能量），並且用魔法把我變成一隻熊，在林間亂跑，只有他死掉，我才能解脫。」

回應內在的求婚人

　　王子代表擁有許多珍寶，完整與美好的陽性。童話裡的公主，通常得向外找一位王子，就像世俗概念中女人得向外找到一個男人。然而在精神世界裡，公主與王子的結合，指的是原本完全處於無意識、跟隨集體價值而生存的女性，在內在發展的歷程中，找到了屬於自己的決斷力和行動力；一旦內在的陽性能量終於長出來，那位如同黃金般的王子就出現了。

　　熊曾對姐妹倆說，「饒了我吧，孩子們！妳們快要打死

向你們求婚的人了！」這其中有一點點打鬧、一點點情愛、一點點彼此追逐跟吸引的趣味，這正是我們跟阿尼瑪、阿尼姆斯的關係的核心質地。

　　榮格學派有關阿尼瑪與阿尼姆斯的動能，雖然一部份可以用我們所熟悉的陰跟陽來理解，但阿尼瑪或阿尼姆斯原型的發動，似乎更強調情感或原慾等創造力的層面。就像真實世界裡，當公司或團體湧現一股曖昧、喜歡、打情罵俏的氣氛時，人人都很興奮，變得開心、變得有創意，精神世界也是一樣，當與內在的阿尼瑪或阿尼姆斯相遇時，那種互相吸引、讓人從昏沉裡醒來的動能，可以篤定地說，就是一種愛情關係。

　　姐妹倆嫁給兩位王子，形成兩對，但是故事沒有停在「公主嫁給王子，從此過著幸福快樂的日子」，而是母親搬來跟兩個女兒同住，也把小屋窗前兩株紅白玫瑰移了過來，種進皇宮，年年盛開。這裡的母親可以被視為女性的智慧老人，具備了採集、移植與傳遞女性智慧的能力，經由自身從孤獨貧窮的寡婦到類似皇太后的位階，讓原本故事開始那種純然甜美的女性智慧，得以整合、轉化成為豐盛綻放的女性智慧。故事結尾的這兩株白玫瑰與紅玫瑰，從不知到知，不能到能，早已不是當初的那兩株了。

第八章

爬出玻璃山：
老頭倫克朗

女性的現代化議題

　　阿尼姆斯作為女性內在陽性質地的原型，它的心理動能的概念如果對應到中國文化，舉凡「陽」這個字所指涉的似乎都適用。它是太陽，日出的力量；它是能量，帶出發展與成長；它是行動，而且往往奠基於思考、組織與邏輯。

　　心靈原型的發展受到意識生活的影響。傳統社會不鼓勵女性讀書、投身公共領域，也不鼓勵女性發展個人事業，限縮了女性發展其自身的理性與行動力。這些女性進入中年，內在發展的渴望啟動時，有許多人會把自身的「陽」投入純知識性或者宗教靈性的團體，例如組讀書會、修一個學位、參加服務性社團、在教會服事、去廟裡修行或者擔任各式各樣的義工。儘管近代社會開放對女性求學與工作的機會與資源，但回顧歷史，如同提出「平庸的邪惡」的政治理論家漢娜‧鄂蘭（Hannah Arendt）一樣透過發展思想而成為重要思想家的女性仍屬少數。

　　榮格談女性內在的阿尼姆斯，討論的是思維與靈性、精神性向度。在榮格那個時代的女性，主要工作多在處理家務、照顧家人、維繫人際關係，是紮根於現實生活的功能。因此女性的陽性能量的發展，在中年之後顯現出來的樣貌就多為向上的超越性，通往精神性的路徑，而非現今社會裡的職場競爭或者權力競逐。

　　然而，職場競爭與權力競逐卻是許多女性此刻所處的生活現實。越來越多女性成為國家或地區領袖、跨國企業總裁，許多女性在過去被男性所壟斷的政治、社會、科技與文化版圖裡佔有一席之地。以前我們說「男主外、女主內」，但現在，家庭以外的世界，充滿了女性的身影，這些集權力與能力於一身的女性，她們的精神世界，陽性能量一定是非常活躍的，走出家門趕赴職場／沙場競逐的女戰士們，是否就是一群把內在陽性特質發展得很好的女性，這是一個需要探討的主題。

　　現代職場上的女性，若要達到社會所認可的成就，內在的陽性能量必定是被高度激發，可是心靈長久處在這種激發的亢奮裡，很容易會疏離了內在的陰性質地。這個現象，正是二十一世紀女性心靈發展所遇到的獨特挑戰：在男性已然熟稔而女性才正要參與的權力遊戲裡，女性要怎樣才能發展成為一個完整的人？

　　在童話〈白雪與紅玫瑰〉的故事（本書第七章）裡，談的是對於純粹女性的過度認同，一個完全不曾發展阿尼姆斯的女性，必須奮力掙脫，才能打破長久以來主流文化對於女性認同所塑造的單一樣貌，完成個人內在的發展歷程，而這個篇章我們要聚焦的是女性在自我發展上，如何與內在的阿尼姆斯或外在世界的男性形成平衡與和諧的關係，乃至最後達到自我整合。

認識原型

〈老頭倫克朗〉被收在第六版的《格林童話》裡，是一個源自德國北邊，用當地方言講述，透過口語流傳下來的故事，被轉譯成文本時有其難度，所以我們可能讀到好幾個不同的版本。這是個簡單的故事，場景很少，只有兩幕。故事發生在兩個世界之間，從地上世界移動到地下世界，在地下世界停留、經歷，然後回來。它具備許多童話故事共有的老套元素，而這些熟悉的元素就是值得審視的心靈原型。

閱讀這些古老的故事不是為了找到新鮮的創意表現，而是為了對這些具備原型力量的象徵增加熟悉、豐富對象徵的感受、打開對象徵的想法。如此一來，我們就開始養成一些能力，藉由象徵的力量，脫開既是個別性又是集體性的侷限。對童話的理解，必須有個人性的參與才能產生意義，也就是從故事情節連結到個人的生命經驗、歷史，以及自我所認知的世界。

但童話還提供另外一種同時並存的，我們姑且先稱之為「老套」的閱讀體驗。因為讀過這類故事跟這類情節多次之後，人人都開始體會到存在於老套裡的某種恆常與永恆，好比某個角色又做了同樣的蠢事，某個角色又掉進同樣的地洞。當我們一次又一次在心裡喊叫「啊，又是這樣！」就是代表自己一次又一次覺察同樣的原型和故事母題，童話故事

對於我們之所以有意義，不是故事寫得多麼奇巧，而是讓我們有機會捕捉存在於這種古老形式裡面的永恆，看出我們與原型以及其象徵意義之間的關係，透過詮釋，擁有屬於自己個人或者這個時代的新的意涵。

許多家有幼兒的父母會有這樣的經驗，為小朋友說床邊故事時，一模一樣的故事，爸媽講煩了，孩子還要一再的聽和講。我認為這是非常值得珍惜的心靈狀態，由於孩子內在還沒有一個清楚的「我」出現，他們可以反覆浸泡在原型的世界裏面，不斷享用故事裡的古老永恆，而我們成年人，大多已經離那個世界非常遙遠了。

老頭倫克朗

　　從前從前，很久以前，國王有個女兒，他下令造了一座玻璃山，然後對外宣布：「誰能走過這座玻璃山，中途不跌落，我就把女兒嫁給誰。」

　　有位愛慕公主的年輕人，問國王是否能娶他的女兒，「噢，當然沒問題，只要你能爬過這座山，就可以擁有她。」國王答。公主也喜歡這個年輕人，說要跟著他一起去爬山，萬一年輕人摔倒，她可以抓住他、扶他一把，於是他們一起出發。爬到半山腰，公主腳一滑，摔了下去，玻璃山裂開一個口，公主就從那個口掉進山裡。裂口很快收攏，她的心上人看不見她，也找不到她，便放聲大哭，悲痛得不得了，聽到消息以後，國王也心如刀割，派人把山挖開，務必把公主找出來，可是這麼大一座山，根本不知道公主在哪裡摔落，所以也找不到。

　　公主摔得很深，最後落在地洞裡，有個白鬍子老頭跑過來對她說，「如果妳願意做我的僕人，

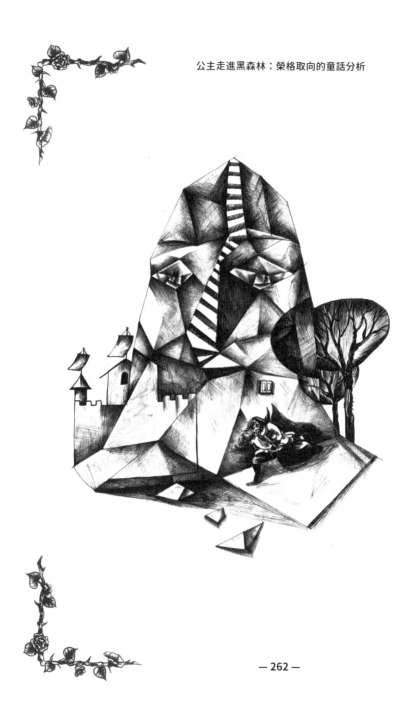

聽從我的命令，就可以活命，不然，我要把妳殺
死！」公主沒法子，只好跟著他走。

　　每天早上，老頭從口袋裡面掏出一把梯子，
把它靠著山壁架好，順著一階一階爬上山頂，到
了山頂以後，他就把梯子收起來放回口袋。公主
必須待在家裡，也就是地洞裡，為他做飯，為他
收拾，為他洗衣服，為他鋪床疊被，做一切雜活。
到了晚上，老頭回來時，總是扛著一只袋子，裡
面裝滿金銀珠寶。

　　公主就這樣住下來，日復一日，年復一年，
直到公主都老了。這時，老頭給了她一個名字，
她叫「曼絲蘿大娘」、「曼絲蘿媽媽」或者「曼
絲蘿老婆婆」，公主則他叫「倫克朗老頭」。兩
老就這樣，日復一日，年復一年，在地洞裡過日
子。

　　一天早上，倫克朗老頭又出門去了，曼絲蘿

大娘先把床鋪好、碗洗好，但忽然就把所有的門窗關上，只留一扇小窗戶。倫克朗老頭回來，邊敲門、邊嚷嚷：「曼絲蘿媽媽，快給我開門。」「不開，」曼絲蘿大娘答道，「倫克朗老頭，我不會給你開門。」

倫克朗老頭說：「可憐的老頭倫克朗，站在十七條長腿上，腿兒站得又累又酸，快幫我把盤子洗好，曼絲蘿媽媽。」曼絲蘿媽媽回：「你的盤子已經洗好了。」

倫克朗老頭又說：「可憐的老頭倫克朗，站在十七條長腿上，腿兒站得又累又酸，快給我鋪床啊，曼絲蘿媽媽。」曼絲蘿媽媽回：「你的床已經鋪好了。」

倫克朗老頭再喊：「可憐的老頭倫克朗，站在十七條長腿上，腿兒站得又累又酸，快給我開開門啊，曼絲蘿媽媽。」

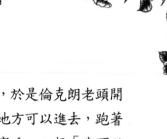

喊完以後，門還是不開，於是倫克朗老頭開始繞著房子跑，看看有什麼地方可以進去，跑著跑著，看到了那扇打開的小窗戶，心想「我可以從這兒偷偷看進去，看看她倒底在幹什麼啊，為什麼不給我開門呢？」

倫克朗老頭想把頭探進窗口，但因為鬍子太長太多，一時之間進不去，於是決定先把鬍子塞進去，再把頭塞進去。鬍子才剛塞入窗戶，曼絲蘿媽媽就一把拉下預先掛在窗戶上的繩子，窗戶落下，剛好卡住老頭的鬍子，鬍子卡在窗口，無論老頭怎麼用力拉，也拉不出來，於是倫克朗老頭哭了起來，因為實在太痛了。他不停哀求曼絲蘿媽媽饒了他，可是怎麼哀求都沒有用，曼絲蘿媽媽要他交出那只爬山的梯子，老頭一點也不願意告訴曼絲蘿媽媽梯子在哪裡，但是到頭來沒辦法，只得告訴她。拿到梯子以後，曼絲蘿媽媽拿出一條長長的繩子拴在窗戶上，然後搭起梯子向上攀去，等她到達山頂，把繩子一拉，窗子就鬆

開了。

　　她趕緊跑回家，不僅國王很高興，她心愛的人也還在等她。他們率領人馬去玻璃山，找到倫克朗老頭，也挖到所有金銀珠寶。國王下令把老頭殺了，拿走他所有的金子、銀子與珠寶。

　　後來，公主與心上人結為夫妻，從此過著幸福快樂的日子。

這個故事的結構，在地上與底下兩個世界之間。首先，公主的父親蓋了一座玻璃山，凡想娶公主為妻的，都要克服攀爬玻璃山的挑戰。故事有個常見的開場，就是挑戰——要娶美麗的公主、國王的女兒，就得通過挑戰。拯救公主、通過挑戰，通常是王子的故事，但這個故事卻是公主的故事，所以此處的挑戰，饒富趣味與意義。

接下來的轉折也特別，故事裡滑一跤的竟然不是王子、不是追求公主的年輕人，而是公主本人。公主掉進很深的山洞，遇到了一個老頭子，有著長長的鬍子，那時候，還不知道他叫做倫克朗。從地面上掉進地底下的公主，在那裡生活多年，經過許多挑戰，最後，她長出機智與聰敏，解決了問題，成功地逃脫。簡單地說，有一座山，她掉下去，生活多年，然後成功逃脫，回到地上，從此過著幸福快樂的日子。

缺席的媽媽與退位的爸爸

故事開始只有兩人，國王跟公主，皇后不存在；爸爸跟女兒，媽媽不見了。對這位公主來說，好像沒有可以學習如何發展女性自我的對象，所以她的陰性質地可能是不穩的、脆弱的、不全的或者偏離的。雖說學習女性自我的對象不限於母親，還有阿姨、姑姑這些親人，但是皇后代表了女性質地的直系傳承，這是我們的女主角在發展上所欠缺的。

　　內在女性質地的樣貌不穩定，原因有很多，例如母親的缺席或者跟媽媽的關係不好。有些人的母親更像是嚴父，又或者有些人的母親自己內在的陰性質地也很脆弱，沒辦法擔負起傳承的責任，這個故事就是如此，公主沒有學習或傳承女性質地的典範，不過，她有爸爸，而且這位爸爸還是一位國王，是這個王國裡最強壯以及最有權力的人。

　　有關國王的象徵，第一種觀點就是國王代表了神，是集體權力的最高代表。長久以來，當人需要倚靠終極信仰或者神聖存在時，便相信神會指派一個人在地上代替祂行使意旨，這人就是君主、王者、國王，中國人更直接稱之為天子。

　　另外一種觀點，國王代表了人類意識中集體與主流的總和，凡大家認為對的與好的價值，都由這個人來代表。但這個總和，就像國王與他的王朝一樣，隨著時光流轉，會興盛，也會衰老，當國王衰老時，王位的主人就必須更新。換言之，本來很有價值的某一特定思維、意向、價值標準，當情況改變了，會失去力量，甚至被置換。這就是為什麼童話經常出現國王老了、國王病了、國王沒有子嗣這類主題，這樣的母題可以被視為代表某些集體主流的價值已經瀕臨汰舊換新的狀態，繼承與更新就是「國王老了」這個劇情的內涵。

　　這個故事雖然沒有明說國王老了，但是這位國王想到女兒長大，要幫她找夫婿，好把王國傳給他，表示國王意識到傳承的重要，並且開始有所行動。國王的想法是，我的女兒

漂亮、聰明又可愛，不如遍邀天下英雄，挑一個最好的、女兒喜歡的，等他們結了婚，我就可以把權力交出去。國王的如意算盤，也正是我們內在世界精神流動的理想狀態，時間到，花就開，葉就落，果就熟，時間到，又會有新的嫩苗蹦發出來。

玻璃山的挑戰

故事通常始於一個需要被解決的問題。儘管知道應該汰舊換新，但是國王對於把權力交出去，似乎還是有點捨不得，所以叫人造了一座玻璃山，彷彿在說，山是我打造的，所以你要通過我的挑戰，你要被我認可合格，你要有能力攀爬這座玻璃山而不墜落，你要提出證明，證明你夠格繼承我。

假設國王代表式微中的主流價值，就不難明白這裡有個難以放下權力的關卡。我們常常說，這個概念老舊過時了，那個辦法已行不通了，可是要掌權的一方主動放掉影響力和控制力仍是困難的，這就是故事裡國王的心情，所以才決定建一座難以攀爬行走的玻璃山，並提出不可從山上墜落的關卡。老王要傳遞權力與位子給下一代，往往要繼承者證明自己的能力，才願意放掉權力，可是這個國王卻建立了一個光滑無比的玻璃山，表達了他好似準備好卻又難以放手權力的

態度。

〈老頭倫克朗〉是德國北部流傳的故事，挪威也有一個童話，就叫做〈玻璃山上的公主〉。玻璃是人造的、而非天然的，製作玻璃的原料矽砂必須與碳酸鈉熔融，經過研磨、配比、熔煉、成型與冷卻的步驟，才能成為晶瑩剔透的玻璃。玻璃表面光滑平整、質地晶瑩剔透，光可以穿透，物質卻不能，這樣的特性經常帶來錯覺，以為可以到達彼處，然而實情是，視線可以穿越的，身體卻無法通過。

「玻璃天花板」（glass ceiling）是英文裡一個富想像力的比喻，指的是企業或組織中特定族群例如女性或少數族裔，無法晉升高階主管或決策核心的潛在限制／障礙，這些限制或障礙並未明文規定，但卻如同玻璃般那麼實實在在的存在。當代社會的職業女性一定頗有同感，以為自己步步為營、盡心盡力地往上爬，過了十年、二十年，總會得到應得的職位吧？沒想到爬上去竟然碰到那座堅實的玻璃天花板，所有看得到的都拿不到。

回到古老童話，玻璃同樣意有所指。〈老頭倫克朗〉裡的國王打造了一座玻璃山，邀約四方英雄來爬山，誰能爬過，就能娶得公主。玻璃本來就滑溜，從山上掉下、墜落是很容易發生的，暗示著要很努力才能達成這件任務。其次，玻璃同時呈現了裡面跟外面，讓人以為可以穿透兩個世界，卻又被硬生生地阻斷。

　　玻璃這種「好像穿透了卻又被隔絕」的特性，正是「思維」的特性。思維常常讓人以為「我知道啊！」不過，我們卻知道這個理解是一種看似清晰卻是完全無力的知識，因為我們經驗到的生活實相會是：「我知道啊，可是我做不到！」、「我就是沒辦法改嘛！」、「我就是沒辦法避免嘛！」、「我看得很清楚，我知道、我知道，你不用告訴我啦！」如果我們持續不放棄對自己的探索，或許在某一個當下，我們會突然得到一個領悟：「我以為我知道，我以為我看得很清楚，直到用身體、心理、精神全部去經驗後，我才真正的知道，這跟以前我以為的『我知道了』完全不一樣。」

　　玻璃所象徵的「我以為『我知道了』」是思維的理解，對於生命的轉化而言，這種玻璃式的理解，是人為的，是人類製造的，是思考的產物，所以有種遮蔽與欺騙的作用，無法真正的穿透。

　　塗上水銀，玻璃就變成了鏡子，鏡子也經常出現在童話裡。鏡子會映照我們的樣貌，讓我們看見自己，可是鏡裡的自己卻又是倒反的，所以正當我們以為看見了自己，這個自己卻非真正的自己。不過，這個反照是極有價值的，因為我們可以藉此反思、反芻、反省此刻的狀態，換言之，只要我們如實面對思維，正好可以藉此反映自己的現況。思維如同鏡像，有其意義，也有其限制。

父親的女兒

〈老頭倫克朗〉裡的公主是個強悍女性，身上具備了大量的陽性質地，內在男性能量的發展或動能遠超過女性的能量。故事一開始，公主跟爸爸在一起，而爸爸為女兒挑選夫婿，就像在為女性內在挑選重要的陽性特質。無論女孩或男孩，我們跟自己內在陰性特質最早的接觸來自母親，跟自己內在陽性特質最早的接觸來自父親。這裡的陽性特質以玻璃山代表，那座玻璃山需要攀爬、克服、登頂，這是一項堅硬、困難、沒有溫度的任務，得非常強悍才能做到，父親通常就是這樣建構跟傳遞他的價值觀給我們。如果女兒完全認同父親這些主流價值觀，可能會變成非常努力、非常用力的小孩，她會內化這些價值觀，為這些價值觀奮鬥跟付出，所以自己成為攀登跟征服玻璃山的那個人，不止如此，她的伴侶也要認同並加入陣營，所以公主要與愛慕她的年輕人一起攀爬玻璃山。

玻璃山像高樓般聳立，一位爸爸用直接或者間接的方式告訴女兒，要成為她的丈夫，必須有能力克服挑戰，會攀爬且零失誤，最終要征服人類文明所創造的高聳玻璃山，爸爸的女兒、國王的公主，因此有了兩個選擇：一是努力讓自己變成這樣的人，一是挑選這樣的男人結婚，〈老頭倫克朗〉裡兩者皆備，因為公主跟著年輕人一起去爬山，告訴他：「萬

一你摔倒，我可以抓住你、扶你一把。」

首先，如果高度認同父親的價值觀，矢志完成父親交付的挑戰，就得兢兢業業、小心翼翼，因為爬玻璃山如同滑冰一般，總是很難立足，許多職業女性在工作場域的處境就是如此，得要非常小心、非常努力地面對父親打造的這座玻璃山。

其次，如果女性的內在自我不夠穩定，沒有母性模範可以遵循，同時又高度認同父親，也會形成某種偏倚的父親情結，並透過愛情關係來展現，也就是檢查自己的伴侶是否符合標準。〈老頭倫克朗〉裡，凡追求公主的，都要通過玻璃山的挑戰。公主根據父親的認同來挑選丈夫，幸運的話，說不定從此過著幸福快樂的日子，但是心理學註定要跟這種被幸運之神眷顧的說法唱反調，一個人自我發展如果企圖仰賴一個關係來完成，遲早會被困住。榮格心理學的理念認為，自己的路自己得走，人生前半段沒有扛起的責任，在中年或中年以後，還是要回來面對。

長征始於爬山

爬山這個概念也常出現在童話當中，大概僅次於進入森林的這個意象。爬山像是段旅程，路途從你住的地方出發，到某一個地方，開始進入。在海上搭船航行，或者走入山

中，都是進入潛意識的代表，也往往是一些人開始自我內在探索，接受心理分析的初期，夢中常出現的意象。

我的一位女性個案，因為移居他國無法繼續自己原有的工作，被迫必須轉換一個行業，她須要從頭開始學習一個新領域的知識，可是她卻陷入憂鬱。她夢到自己重新成為大學的新生，一票人去選課，同學們都穿得漂漂亮亮的，她說：「我們開始爬山，因為我們要選的那門課，教授的辦公室在山坡上，路很泥濘、難走，路好滑好危險。」差不多就跟玻璃山一樣的意涵，她感受到生命面臨一個重大的挑戰。

如果我們以理性思考認為她的憂鬱跟焦慮是因為移民到了新國家，原來的經驗與學歷都沒用了，所以她產生了生存焦慮與適應危機，所以要協助她增強對現實回應的能力，查看就業市場的需要，接受職業訓練把不足的能力補起來。這些當然是重要的工作，可是探查更深的層次，她其實還碰到一個隱藏的議題，就是中年危機。人生已到中年，過了四十歲再度面臨人生轉折，這個轉折所代表的已經不只是換個行業或者換個工作而已，這裏面蘊含的意義和挑戰，必須被辨識出來——亦即「生命的價值何在」。她須要知道自己到底在做什麼？為什麼要走這條路？這不再是薪水多少的問題，而是繼續走下去她到底會成為怎樣的一個人？

「爬山」常常在個人夢境與童話故事中出現，像是《魔戒》裏面的長征之路，它很能代表我們在追求自我整合之路

的時候，必然會碰到的挑戰，通常是我們極不願意面對，可是又無它路可走時的挫敗、困難，以及不知道該怎麼辦的這種過程。玻璃山在這故事裡，就很能代表公主攀爬背後的這個意涵。

墜落與翻轉

考完高中考大學，大學畢業進入研究所，之後買車、買房、成家、立業⋯⋯能夠跨越這些人為挑戰，就能得到、就能擁有，玻璃山在當代的意象仍然巨大而真實。「如果能夠成功越過此山，你就可以擁有她」這個聲音，不管來自外在的真實男性或者內在的阿姆尼斯，都是在對我們裡面的男性自我喊話，只要完成任務、通過挑戰，就可以擁有公主所代表的，一份極為珍貴與美好的認可或愛情。

但我們心知肚明，面前的挑戰一個接一個，小時候可能是父母為自己設的，長大後變成自己為自己設的，就像跳高的竿子會不斷升高，童話裡這座玻璃山是永遠爬不上，也永遠爬不完的，所以必須有個翻轉，在某個瞬間，突然就失足、滑下與墜落了。墜落是必要的，如果沒有這個瞬間，只能繼續不斷攀爬，但究竟要小心翼翼爬到何時呢？既然自己停不下來，只好等著外在重重的一拳或者命運無預警襲擊，公主就是這樣摔跤跌倒，咚一聲，掉下去。

　　批判、評斷、激勵，就是女性內在爸爸的聲音、阿尼姆斯的聲音，在這個故事裡，轉化成透明晶亮、無比巨大的玻璃山，要攀爬要通過，公主才能與王子結合。有些女性一輩子都在爬玻璃山，爬上去，發現沒有到頂，再往上爬，還是沒有到頂，因為這座山會自動長高，沒完沒了，只好每天告訴自己「我要更努力！快樂一下就好，明天要更努力！」這種永遠無法認可自己、肯定自己與相信自己的心態，就是阿尼姆斯的難題以及〈老頭倫克朗〉的起始。

　　不小心滑一跤，整個世界都翻轉了，原本往上走的，變成摔進黑洞裡，瞬間風雲變色，感到孤獨無助、無處可去，這就是我們遇到意外疾病、重大損失、突發傷害或者中年危機的感受。如果失去的是健康，原本身體可以做到的，突然做不到了；如果失去的是金錢，原本家境可以負擔的，突然間不行了。遇到這些事，人就被推落，感受到生命的苦痛，但這些具有反轉可能、還不至於徹底毀滅我們的苦痛，往往成為生命往下個階段時最好的開展契機。

　　我們無從得知墜落何時發生，但知道它必然會發生，一旦發生，生命就會翻轉，從外在世界的攀爬，轉換成內在世界的掙扎，故事裡的公主，彷彿被另外一個世界綁架，沒有時鐘無法計日，只能反覆操持同樣的家務，就這樣被困在山洞裡好多年。如果山洞象徵個人內在，墜落讓我們把能量從外在世界收回來，注入內在，這就是公主翻轉之後所進入的

地下世界。

地底的公主

　　童話裡經常出現墜落，好比掉進洞裡或者掉入井裡；我們的夢裡也會出現下降，好比搭電梯下樓或者走樓梯往下。往下跟往上是兩種不同的能量，往上有種提升或衝出的動能，帶著突破跟擴大的意味；往下，就是往地底走去，進入黑暗或者潛入潛意識幽微之境。對公主來說，進入地底，就是命運翻轉之始，為了活下去，不能再做公主了，得改當老頭的女僕，燒飯、洗碗、鋪床、洗衣，樣樣都得做。

　　苟且活命，意味著她原本在地上作為公主的自我認同徹底消失了，不僅如此，父親消失了，愛人消失了，那個陪伴愛人一同克服父親所設下的挑戰的自己，也隨著突然的墜落消失了。她進入另外一個世界，輪到倫克朗這個老頭子來告訴她要怎麼做才能活命。日復一日地做，不知道多少年，故事出現一個其他童話不曾發生的情節，就是公主居然變老了！通常，不管童話如何鋪陳，一旦進入主要的轉折，時間就靜止了，主角彷彿進入冬眠，到故事最後還是同樣年紀，〈老頭倫克朗〉不一樣，公主在地底住下，隨著時光流轉，竟然也老了。

　　當女性把內在的陽性特質投射到外在男伴或友人身上，

可能會發現關係也在瞬間翻轉，就像故事裡公主的遭遇，原本國王爸爸是生活伴侶，後來作伴的變成老頭子倫克朗；原本以為集萬千寵愛於一身，後來變成默默無名的女僕，做著家庭主婦的工作，還被叫作「老婆婆」。

國王跟倫克朗這兩個角色巧妙地內外互相呼應著，公主原本只認識外在的、光耀的陽性原則，後來才遇到負向的陽性原則，而這位負向陽性原則的代表倫克朗，擁有破壞的力量，可能會殺了她。真實世界也是如此，許多女性抱怨自己嫁錯老公，因為老公會打她、虐待她、把她關在家裡、切斷所有對外的連結，她們原本以為能跟著愛侶一起征服世界，結果一失足，掉進另外一個世界，才發現自己年復一年被拘禁在黑暗地洞裡，完全沒有出路，感覺被困住、被限制、好像就只能這樣過日子。

妮可基嫚主演的驚悚片《超完美嬌妻》（*The Stepford Wives*），改編自 1972 年同名小說，在看似美好其實孤立的小鎮裡，女性從早到晚打掃整理，做蛋糕、做餅乾、做三明治餵養小孩，為全家人準備豐盛晚餐，每天做著一模一樣事情的這些女性，等孩子上學、先生上班，窗簾一拉，就開始酗酒或者服用鎮靜劑，就像〈老頭倫克朗〉裡的公主，發現自己掉落黑洞，完全被捆綁在隱隱可嗅得憂鬱的日常裡。

除了從關係的角度來解讀女性自我與負面陽性特質的相遇，好比說，因為嫁錯人或者進入一個不對等的關係，所以

掉進日復一日一成不變的生活裡，還有一個解讀的角度，就是把倫克朗視為公主內在的一部份，這個負面的陽性能量質地殘酷，會用巨大且強制性的目標，透過破壞力與攻擊性，壓制女性內在的陰性質地，包括情感、直覺、感官這些的發展。

倫克朗老頭每天帶著梯子出門，去挖、去偷、去搶，不擇手段，就是要蒐集寶物帶回家裡，如果我們把它視為現代社會女性的某種生存樣態，她每天漂漂亮亮、光鮮亮麗地出門工作，在職場上打拚搏鬥，可是內在用以連結與滋養自己的種種能力，譬如情感、直覺與感官，卻完全被壓制、被貶到一個不起眼的角落，如同故事裡的公主，沒有被放在尊貴以及被看重的位置，而被降為僕人，提供服務給內在這位負面的陽性自我，讓他每天往上爬，朝著他要的目標前去。

命名的意義

墜落，可能是一段極長的黑暗。得到憂鬱症的女性人數遠遠超過男性，這個現象舉世皆然。對我們來說，不是拿出最新版《精神疾病診斷與統計手冊》（*DSM-5*）對照比較，而是眼睜睜地看著一位接一位女性，在生命某個階段，就這麼直直落入憂鬱深淵，如同故事裡的公主，掉進被關係壓制或者被自我壓制的處境，以及也就這麼無路可走地過了許多

年。然而，隨著年華老去，出現了一件有意義的事情，那就是公主得到了名字。

命名是有意義的。獲得名字，是每個人生命歷程的重要里程碑，因為有了名字，就可以被辨識。公主可以有很多個，人人都可能是公主，但這位公主此刻被給予了一個名字，倫克朗老頭對她說：「曼絲蘿，妳叫這個名字。」

馮‧法蘭茲特別強調名字的意涵，為童話詮釋再添一層理解的層次。倫克朗的意思是「紅武士」，曼絲蘿（Mansrot）的意思是「男人紅」，男的是老頭紅武士，女的是男人紅大娘，兩個人的名字都有「紅」。紅，通常是情緒高漲的，代表某種熱情，某種生機，某種能量，以及如同太陽般熱情、激烈、衝撞的可能。雖然兩個人在黑暗的洞窟裡過日子，每天煮飯、清掃，做一模一樣的事，但是這裡面慢慢長出來如火或如太陽般的轉化契機。

為什麼紅武士代表女性內在的負向陽性力量呢？倫克朗每天出門，在職場裡與人拚鬥廝殺，努力達成他人為自己或自己為自己設定的目標時，破壞性的陽性能量可能會出現在潛意識裡且不自覺。比方說，即便女性通常是善於表達與連結的，我們仍會遇到一種也極為典型的，不允許質疑、完全無彈性的女性主管，她們在工作上如石般堅硬，總是說「不要問了！就是這樣！」在人際上欠缺溫度，只呈現冷酷的一面。當事人自己不見得意識到，但與之交手的人知道這就是

女性內在破壞性的陽性能量，我們可以說，她的紅武士現身了！

公主，指涉一種仍處於變動與發展的女性狀態，如花苞或少女，還沒有綻放，必須經過一個歷程、一趟穿越，才能成為價值確定的皇后。王子也是一樣，代表的是一種可能性，需要面對並通過發展的挑戰，才能成為國王。〈老頭倫克朗〉裡的公主，作為一種可能性，在墜落之後，被捆綁與壓制在一個小空間裡，沒日沒夜做著重複的事情，在看似平凡的日子、平凡的人生裡，公主的內在開始出現力量，而且絕對是一股陽性的力量，從那個原本想要傷害她的負向陽性力量壓迫底下冒出來，出現了轉化，從紅武士轉化為女性內在可以涵容、甚至有助於穩定與發展自我價值的男人紅。

回到童話，倫克朗老頭與曼絲蘿媽媽，兩個人就這樣在一起，直到老了，還是每天重複過著一樣的日子，但是，有些東西慢慢形成、慢慢成型，某一天，曼絲蘿媽媽決定逃跑，這個「逃跑」是非常女性與陰柔的方式，用直覺、點子與智慧來解決問題，而非男性本能的硬碰硬。逃跑的路徑設計也很有意思，曼絲蘿媽媽把所有的家事都做完，才把門窗緊閉，僅留一扇小窗，她知道倫克朗老頭一定會從這裡進來，於是技巧性地卡住他的長鬍子。

鬍子與梯子

經常出現在童話裡的頭髮和鬍子，跟生命力極有關聯，它們一直長一直長，甚至在人過世之後仍可以繼續長。兩者的差異在於生長的部位不同，由於頭髮「從頭上長出來」的聯想，所以跟思維有關，而鬍子則由於跟嘴巴靠近，可以聯想到表達。女性沒有鬍子，所以〈老頭倫克朗〉的鬍子是絕對男性的與陽性的象徵。留鬍子的男人，如同肌肉發達的男人，是一種漢子、man 的刻板印象，再者，我們常說「嘴上無毛、辦事不牢」，沒有鬍子的，還是男孩、還是王子，倫克朗一出場就是個老頭子，長鬍子也代表了成熟或者老謀深算這樣的男性質地，帶出權威或威權的力量，在這個故事裡象徵陽性的攻擊與迫害。

《藍鬍子》的男主角，是一位用婚姻誘拐女性來到自己城堡然後殺害對方的鬍子男，他代表一種女性原始恐懼的對象，是女性內在對於進入婚姻或關係的本能恐懼，女性既被這股能量所吸引，同時也知道這裡面蘊含攻擊跟危險。這也讓我們想到部落的搶婚，選擇以陽性掠奪陰性作為男女結為夫妻的象徵儀式，完全展現了陽性的攻擊性格。

長鬍子倫克朗，每天靠著梯子與外在世界接觸，可是公主不行，她一直被困住，直到成為曼絲蘿大娘，才終於想出一個壓制對方的點子，就是用窗戶卡住他的長鬍子。卡住了

鬍子，好像就抓住了倫克朗老頭，究竟卡住的跟抓住的是什麼呢？如果說頭髮是頭腦的延伸，梳理頭髮，就是梳理我們的想法與思緒；鬍子貼近嘴巴，有時我們張開嘴，把還不成形的、理不清楚的念頭，呱啦呱啦就說出來，說完也就過去了，如果一把把鬍子抓住，就好像把這些從潛意識裡浮現的念頭給定住。

相較於男性，女性通常想得多、講得多，但做得少，精彩的點子、深刻的感觸，說完就過去了，總來不及捕捉並付諸行動，相反地，男性通常比較擅長捕捉、定型與落實。這個現象不只發生在外在的職場，當我們做內在工作要發展或推進時，定住也很重要，因為洞見、覺察很容易就溜掉，一定要實實在在掌握住某些片刻的感動與觸動，使之成型，否則就只能繼續留在黑洞裡操持煩勞日復一日，這是女性發展常見的議題。

所以曼絲蘿媽媽必須抓住老頭的鬍子，潛意識裡有些東西冒出來，讓它們被意識所捕捉，也就是潛意識的意識化過程，然後再一步一步地逐步發展。我們天天做夢，如果持之以恆天天記錄，就是捕捉稍縱即逝的潛意識訊息，慢慢發現這些夢好像在對自己傳達什麼，跟著這些發現，再添加一些新的領悟、新的學習，讓這些「什麼」的面目可以更成形、被擴大，就像故事裡的公主最後變成曼絲蘿大娘，要離開這個春夏秋冬更迭但什麼都沒有改變的困境，就得抓住倫克

朗，抓住他就可以拿到梯子，就可以開始攀爬。曼絲蘿大娘運用自身發展出來的陽性能量拿到了梯子，找到了行動的力量。

梯子也是故事裡的重要意象。梯子是一座垂直的橋，把我們從此處帶到彼處，而且通常往上移動。神話裡常提到人與神、人與天還未分開的時候，通常靠著梯子互通，當然，梯子也可以降下，例如《傑克與豌豆》（*Jack and Bean-stalk*）的故事。這種可以通天，可以上下交流的特性，其實就是阿尼瑪與阿尼姆斯的連結功能──由自我走向自性，阿尼瑪與阿尼姆斯做為橋樑，讓我們通往內在的完整之路。

人類在這條追尋自我完整的路途上，通常是以愛情的追求作為精神象徵，所以打開電視，我們總有看不完的愛情劇、唱不完的小情歌，人類永遠不會停止歌頌與詠歎愛情故事，因為愛情是啟動我們內在阿尼瑪和阿尼姆斯的方式，一種讓我們感知到它的存在，可以為之生或者為之死的撼動經驗。當我們對外在某個真實的對象產生情愫，這個對象就變成了阿尼瑪或阿尼姆斯能量的攜帶者，引動我們裡面想要開始啟程、想要投身去尋找完整自己的渴望。

對於男性藝術家來說，引導自己成為真實而完整的人，那個能量常常被稱做繆思或靈魂，或者以女神的形象現身，如果他以愛情的形式向外追求這樣的女性，這個過程，其實也就是在完成自己；對女性而言也是如此，我們對於愛情以

及關係的渴望，就是那座帶著我們朝向釋放自己、獲得自由的方向攀爬的梯子。

時間之外的青春

與其他童話不同，〈老頭倫克朗〉裡的落難公主不等王子來救，自己採取行動，逃脫這個不知道已經被禁錮多少年的地洞。公主變成有名字的大娘，叫做男人紅，可以抓住倫克朗老頭，拿到梯子，與自己整合在一起。梯子是從老頭那裏拿來的，象徵他的阿尼姆斯、他的陽性能量，倫克朗老頭所擁有的男性能量，現在變成曼絲蘿媽媽的，於是她藉著梯子往上爬，回到當初墜落之處，雖然還是同一個地方，但這位公主／曼絲蘿媽媽已經不一樣了。

故事裡說她老了，變成老太婆了，但是回到家，國王還在，年輕人也還在。許多神話與傳奇提到天上一日人間十年這種錯接的時間感，說不定公主在地底住了數十年，地上才只過一天，所以回來之後，一切如常，公主也好像立刻回春了。墜落，意味著外在處境與內在認知的巨幅改變，等到再上來時，幡然若有體悟，已不是當初那位摔跤人，但在初初跌跤墜落之時，我們總難免會問：「還來得及嗎？」、「真的可以改變嗎？」、「如果早點知道，我的人生可能不一樣，可是現在呢？」

童話世界是樂觀的，這位成功逃脫、回家成婚、從此幸福快樂的公主，在我們的想像裡，還是年輕美麗的；真實人生也未必悲觀，公主在旅程中重新找到自己，重新整合、完整的是精神層次的自己，這宛如內在世界的回春之旅，再次發現新的可能性，發現可以實踐的、可以創造跟想像的，儘管或許肉身老了，但精神世界裡的風景卻已經完全改觀。在現代，容顏與肉體的回春因為醫美科技而容易許多，但生命力與創造力的豐沛與源源不絕，必須經由勇敢踏上轉向內在的旅程，才能達到超越時間、永恆生命的那方。

老頭非死不可

回到地上，公主派人挖掘財寶跟殺死老頭。精神世界裡的存在不會真的被殺死，所謂的殺死，代表某個角色已經完成精神層面的階段性任務，它已經被吸收、被融合、被轉化。

老頭倫克朗非死不可，他的死，象徵公主有能力把他所代表的陽性能量納為自己的一部分，也因為這樣，公主才能擁有並享用他藏在地底的財寶。這些財寶代表公主在地底做了多年苦工之後，所得到的了解與領悟，公主據此設計了縝密的逃脫計劃，這新長出來的女性智慧，讓她可以把老頭從外面偷回來、挖回來、搶回來的珍寶，變成自己可以使用的財富。有錢是一回事，變成自己可以使用的則是另外一回

事。有些人調侃自己窮得只剩下錢，意思是雖然擁有資源，但是沒有能力享受，老倫克朗每天把珍寶往家裡搬、堆在那裡，卻不會用，也就是說這些知識、這些能力、這些對自己的理解，統統都還派不上用場。

當我們終於可以面對自己的黑暗、自己的陰影、自己的脆弱，終於接受阿尼瑪跟阿尼姆斯的引領，往內在過去沒有發展完整的異性質地走去，這整個過程與過程中的種種覺察，被自己帶到意識的表層，就像是金子、銀子這些財寶終於重見天日，開始為我們所用。

走這麼長的內在之路，這麼辛苦的面對自己，到底所謂何來？自性化歷程的目的，就是擁有精神世界的金銀財寶，那些精彩的知識、能力與理解，就是這些對於自己的覺知、了悟與相信，不再仰賴外面的人事物或成就，而是從自己裡面源源不絕搬出珍寶，從此可以真正過著幸福快樂的日子。

我們在讀〈老頭倫克朗〉的時候，一定以為倫克朗是小矮人，因為他留著長鬍子，住在山洞裡，其實他未必矮小，可以是高高壯壯的，但因為他的動作跟行徑太像，所以還是可以歸在小矮人原型的脈絡裡來討論。倫克朗老頭代表我們內在負向的阿尼姆斯，要面對他與之搏鬥，必須先學會在生活中意識到他的存在，就像抓住老頭的鬍子一樣，仔細聆聽內在的聲音。負向的阿尼姆斯總是對自己沒有信心，不管做多少事都無法累積自信，雖然也常講疼愛自己，但是很難認

可自我價值，當他人表示對她的欣賞與肯定時，或許沒有說出口，但內在是完全無法相信他人的讚美，總是不斷自我批判貶抑。如果女性不跟自己內在的陽性質地和解，發展出好的互動，就會被負向阿尼姆斯附身，不但受苦於內在負面的陽性能量的鞭打，也會不自覺用一樣的方式鞭打別人。

〈老頭倫克朗〉一開場就提到傳承，要用新的婚姻來取代舊的國王，當倫克朗老頭強大的男性攻擊與迫害，終於被曼絲蘿媽媽識破，轉化便能開始。故事最後，有場完整美滿的婚姻，代表新的世代與新的意識接位完成，能夠真實擁有並好好使用珍寶的，是這位幸福快樂的不老太婆。

附錄 1

參考書目

‧《解讀童話：從榮格觀點探索童話世界》（2016），瑪麗—路薏絲‧馮‧法蘭茲（Marie - Louise von Franz），心靈工坊。

‧《榮格自傳：回憶‧夢‧省思》（2014），卡爾‧榮格（C. G. Jung），張老師文化。

‧ Asper, Kathrin. (1993) *The Abandoned Child Within: On Losing and Regaining Self-Worth.* Sharon Books (Translation). Fromm International Publishing, New York.

‧ Greenfield, Brrbara. (1985) "The archetypal masculine; its manifestation in myth, and its significance for woman," from The Father. pp187-210. New York University Press. NY.

‧ Hill, Gareth S. (1992) *Masculine and Feminine*. Shambhala Publication. Boston.

· Jung, C.G. (1990) *The Collected Works* (Bollingen Series XX), vols 9-2. AION, Transl. R.F.C. Hull, ed. H. Read, M. Fordham, G. Adler, Wm. McGuire. Princeton: Princeton.

· Jung, Emma. (1985) *Animus and Anima*. Spring Publication, Inc. Dallas, Texas.

· Neumann, Erich. (2014) *The Origins and History of Consciousness*. R. F.C. Hull (Translator) Princeton: Princeton University Press.

· Neumann, Erich. (2015) *The Great Mother: An Analysis of the Archetype*. R. F.C. Hull (Translator) Princeton: Princeton University Press.

附錄 2
延伸閱讀

· 《英雄之旅：個體化原則概論》（2012），莫瑞·史丹（Murray Stein），心靈工坊。

· 《榮格人格類型》（2012），達瑞爾·夏普（Daryl Sharp），心靈工坊。

· 《童話心理學：從榮格心理學看格林童話裡的真實人性》（2017），河合隼雄，遠流。

· 《童話的魅力：我們為什麼愛上童話？從〈小紅帽〉到〈美女與野獸〉，第一本以精神分析探索童話的經典研究》（2017），布魯諾·貝特罕（Bruno Bettelheim），漫遊者文化。

· 《榮格心靈地圖(三版)》（2017），莫瑞·史坦（Murray Stein），立緒。

‧《格林童話：故事大師普曼獻給大人與孩子的 53 篇雋永童話》（2015），菲力普‧普曼（Philip Pullman），漫遊者文化。

‧《神話的力量》（2015），喬瑟夫‧坎伯（Joseph Campbell），立緒。

‧《丘比德與賽姬：陰性心靈的發展（修訂版）》（2014），艾瑞旭‧諾伊曼（Erich Neumann），獨立作家。

‧《用故事改變世界：文化脈絡與故事原型》（2014），邱于芸，遠流。

‧《巫婆一定得死》（2001），雪登‧凱許登（Cashdan Sheldon），張老師文化。

PsychoAlchemy 016

公主走進黑森林：榮格取向的童話分析
Seven Talks on Fairy Tales Analysis
作者——呂旭亞

出版者—心靈工坊文化事業股份有限公司
發行人—王浩威　總編輯—徐嘉俊
統籌—陳文玲　執行編輯—林妘嘉
繪圖—楊筑珺　封面、內頁設計—王小苗
文字協力—陳世勳、陳羽柔
通訊地址—10684 台北市大安區信義路四段 53 巷 8 號 2 樓
郵政劃撥—19546215　戶名—心靈工坊文化事業股份有限公司
電話—02）2702-9186　傳眞—02）2702-9286
Email—service@psygarden.com.tw　網址—www.psygarden.com.tw

製版・印刷—彩峰造藝印像股份有限公司
總經銷—大和書報圖書股份有限公司
電話—02）8990-2588　傳眞—02）2290-1658
通訊地址—248 新北市新莊區五工五路二號
初版一刷—2017 年 10 月　初版九刷—2024 年 3 月
ISBN—978-986-357-100-1　定價—420 元

國家圖書館出版品預行編目資料

公主走進黑森林：榮格取向的童話分析 / 呂旭亞著 . --
初版 . -- 臺北市：心靈工坊文化, 2017.10
　　面；　公分 . -- (PsychoAlchemy ; 16)
ISBN 978-986-357-100-1(平裝)

1. 童話 2. 文學評論 3. 精神分析

815.92　　　　　　　　　　　　　　　　106015640

心靈工坊 書香家族 讀友卡

感謝您購買心靈工坊的叢書，為了加強對您的服務，請您詳填本卡，
直接投入郵筒（免貼郵票）或傳真，我們會珍視您的意見，
並提供您最新的活動訊息，共同以書會友，追求身心靈的創意與成長。

書系編號—PA016　　　　書名—公主走進黑森林：榮格取向的童話分析

姓名　　　　　　　　　　　　　是否已加入書香家族？ □是 □現在加入

電話（公司）　　　　　（住家）　　　　　手機

E-mail　　　　　　　　　　　生日　年　　月　　日

地址 □□□

服務機構／就讀學校　　　　　　　　　　職稱

您的性別—□1.女 □2.男 □3.其他

婚姻狀況—□1.未婚 □2.已婚 □3.離婚 □4.不婚 □5.同志 □6.喪偶 □7.分居

請問您如何得知這本書？
□1.書店 □2.報章雜誌 □3.廣播電視 □4.親友推介 □5.心靈工坊書訊
□6.廣告DM □7.心靈工坊網站 □8.其他網路媒體 □9.其他

您購買本書的方式？
□1.書店 □2.劃撥郵購 □3.團體訂購 □4.網路訂購 □5.其他

您對本書的意見？
封面設計　　　　　□1.須再改進 □2.尚可 □3.滿意 □4.非常滿意
版面編排　　　　　□1.須再改進 □2.尚可 □3.滿意 □4.非常滿意
內容　　　　　　　□1.須再改進 □2.尚可 □3.滿意 □4.非常滿意
文筆／翻譯　　　　□1.須再改進 □2.尚可 □3.滿意 □4.非常滿意
價格　　　　　　　□1.須再改進 □2.尚可 □3.滿意 □4.非常滿意

您對我們有何建議？

心靈工坊
PsyGarden

台北市106 信義路四段53巷8號2樓
讀者服務組　收

免　　　貼　　　郵　　　票

（對折線）

加入心靈工坊書香家族會員
共享知識的盛宴，成長的喜悅

請寄回這張回函卡（免貼郵票），
您就成為心靈工坊的書香家族會員，您將可以——

⊙隨時收到新書出版和活動訊息

⊙獲得各項回饋和優惠方案